# Desenlace

Mauro Paes Corrêa

# DESENLACE

Mauro Paes Corrêa



Título original en Portugués: DESENLACE
Primera edición en Español – 2022
Edición: Arial Books
Diseño de Portada e Interiores: Arial Books
Traducción del portugués: Eduardo Aceves Campos | Arial Books

I.S.B.N. 978-65-00-39854-0
I.S.B.N. ePub 978-65-00-39853-3

Los personajes y eventos que se presentan en este libro son ficticios. Cualquier similitud con personas reales, vivas o muertas, es una coincidencia y no algo intencionado por parte del Autor.



Libro y eBook disponibles en

- Portugués

- Español

- Inglés

www.arialbooks.com

Los ingresos de esta obra se donarán a instituciones benéficas.

# Desenlace

Mauro Paes Corrêa

No basta dejar de hacer el mal,
es necesario hacer el bien
para liberarnos y progresar

# Contenido

# Notas para el lector

A continuación, encontrará una breve explicación de algunos conceptos que se mencionan en este libro.

**Centro Espírita**

Un Centro Espírita es un lugar para encontrarse con amigos que desean estudiar la Doctrina Espírita, hacer oración, dar y recibir consejos, hacer pases (colocación de manos sobre otra persona para transferirle energías positivas a quienes están siendo auxiliados), o que buscan hacer que las personas cambien positivamente su forma de actuar y, si es posible, que eso pueda hacer un bien al prójimo, todo siempre a través del libre albedrío. Este proceso se conoce como reforma íntima.

Normalmente, una vez a la semana, los Centros Espíritas están abiertos al público que desee buscar información, estudiar la doctrina, así como solicitar oraciones, consejos, alimentos o cualquier otro tipo de ayuda. Las obras caritativas anónimas se organizan de manera diferente dentro de un Centro Espírita, que da la bienvenida a todos los que las buscan.

Un Centro Espírita no es solo un lugar para establecer contacto con espíritus, sino que también, a través de médiums, es decir, personas que incorporan a los espíritus ya sea consciente o inconscientemente, se transmiten mensajes de texto (psicografiados) o a través de la voz (psicofonías).

Los médiums no evocan espíritus. Son estos últimos quienes se comunican espontáneamente, porque saben que en ese lugar hay personas con sensibilidad mediúmnica y a menudo están autorizados por la Gracia Divina a realizar algún tipo de manifestación.

Con varios estudios de casos que demuestran la autenticidad de los mensajes para familiares, así como varias otras obras espíritas de diferentes autores, se ha demostrado que el Espiritismo se mueve con la ciencia, y la idea de charlatanería desapareció hace muchos años.

## Desenlace

El **desenlace** o **desencarne** es el acto de cortar el vínculo con el cuerpo físico, que ocurre después de la muerte. Cada persona pasa por un proceso único de desenlace, porque según el Libro de los Espíritus (Allan Kardec), la recepción del espíritu en la vida espiritual tiene numerosas particularidades.

El espíritu está conectado al cuerpo a través de lo que en esta doctrina es llamado "hilo o cordón de plata" (también llamado hilo fluídico, cordón astral o cordón fluídico), que se fija desde el momento de la concepción de la vida terrenal. La ruptura de este "cordón de plata" determina el final de la vida corporal y se produce, en muertes o enfermedades naturales, unas horas después del fallecimiento. En las muertes repentinas, en cambio, el cordón se rompe inmediatamente después del final de la vida corporal.

El cuerpo no sufre dolor sino el espíritu, especialmente si se encuentran en áreas de baja vibración, como el Umbral. Como el espíritu a menudo es restaurado, sus miembros y sus funciones, como caminar, ver y comunicarse, también se restablecen de alguna manera.

El proceso de dolor para el espíritu es un proceso de aprendizaje, al igual que el dolor en el cuerpo físico.

**Colonia de las Flores**

La Colonia de las Flores es una colonia espiritual que acoge a los espíritus rescatados del Umbral, conocido como Purgatorio o Infierno en varias religiones. Esta colonia se encuentra en Brasil, por encima del estado de Santa Catarina.

Estas colonias, en términos generales, están ligeramente por encima de las regiones del Umbral, ya que pueden ser una colonia de paso, si el espíritu es evolucionado, o una colonia de transición, hacia una nueva encarnación en los diferentes mundos del Universo.

Como regla general, los espíritus, aunque únicos, están vinculados al mismo país o región en el momento del desenlace. Cada país tiene colonias espirituales diferentes.

Todos estos temas se tratan en el *Libro de los Espíritus* y con mayor profundidad en otras obras espíritas.

# Prefacio

Esta novela espiritista no fue psicografiada. La inspiración llegó una noche, de una manera diferente a muchas otras. El espíritu amigo, al que puedo llamar "el español", me sugirió el tema del libro. "No era una mala persona, pero dejó de hacer el bien", me decía. Él me aportó la inspiración suficiente para desarrollar la trayectoria de Álvaro, el personaje principal de este libro. Dedico este libro al noble espíritu amigo. Que cada uno, a su manera, difunda la doctrina espírita.

Esta obra es meramente ficticia. Cualquier parecido con la realidad es pura coincidencia.

# Umbral, 2007

Se había despertado escuchando gritos y alaridos. Inmediatamente, el dolor de cabeza desapareció. Por un instante, pensó que seguía durmiendo, abrumado por la escena que se desarrollaba ante sus ojos. Un entorno maloliente, pequeños árboles sin hojas, lagos de lodo y criaturas sin forma y horribles. Estaba acurrucado casi en posición fetal cuando se despertó.

Una de estas criaturas le dio una patada. Se ríe maquiavélicamente. Mucho más aterrador que los de las películas de terror, que odiaba.

Álvaro siempre había sido un hombre lógico. Si le duele la cabeza, entonces está despierto. En los sueños, por lo general, no se siente el dolor. Eso fue lo que leyó y escuchó de algunos conocidos. ¿Qué era exactamente ese lugar? Lo último que recordaba era la habitación del hospital y el persistente dolor de cabeza que le había acompañado intensamente durante los últimos meses debido a un cáncer cerebral.

Incluso con la cabeza martilleando y asustado por la patada de la maquiavélica criatura, se arriesga a hacer una pregunta.

—¿Qué es este sitio?

La criatura informe lo mira fijamente, con malicia. Parece que hace un enorme esfuerzo para pensar en la respuesta.

—Estás en el Umbral. Eres gente como nosotros, debes haber hecho muchas cosas malas en la Tierra. Todos los que hacen el mal en la Tierra vienen aquí o están en otros lugares. Si es que sabes a lo que me refiero.

—¿Qué es este cuento? He muerto y he venido a parar... ¿aquí? ¿Qué? —Álvaro está más asustado por su propia constatación que por la respuesta de la criatura.

—Para que lo entiendas. Tu vida en la Tierra, acabó. Ahora estás aquí. ¿Lo has entendido? En las iglesias de la Tierra, dicen que esto es el Infierno. O, ¿cómo lo llaman? La mansión de los muertos, sí. Me acuerdo de eso cuando era un niño. ¿Y sabes qué? El caballero está bien vestido. ¿Eras un político, un médico? ¿Un abogado? ¿A qué te dedicabas?, ¿eh? ¿Robabas a los pobres? No te preocupes, luego nos dirán quién eres —dice señalando a las otras criaturas—. Puedes irte acostumbrando. Creo que ya te he dado la bienvenida, ¿no?

Volvió a reírse, burlándose de la situación de Álvaro, que no había entendido nada. Álvaro decidió buscar un sitio lejano para pensar. Aunque todo olía mal, en ese ambiente descolorido, tenso y pesado. Estaba realmente bien vestido, con traje y corbata.

Caminó durante unos minutos hasta que encontró una gran piedra, que le impidió ser visto. Su dolor de cabeza había aumentado.

¿Cómo había acabado allí? Nunca había sido una mala persona. Era un ciudadano común y corriente, un ingeniero, nunca se había metido en la vida de los demás, nunca había hecho nada malo a nadie. ¿Qué, se repitió, le había llevado a ese lugar? No era posible estar allí. Nunca hizo nada malo, se dijo a sí mismo. Por supuesto que no era perfecto, pero siempre creyó que, si moría, la vida terminaría, o por alguna razón, si había una vida después de la muerte, iría a un sitio agradable.

Mientras reflexiona sobre el asunto, llega otra criatura. Lleva una túnica desgarrada y parece tener el semblante de alguien con autoridad. Le ordena que se levante. Tiene una mirada dura, seria y vencedora, al menos para ese lugar.

—Así que, mi estimado, veo que todavía no te acuerdas de mí. Estaba casi seguro de que ibas a tirar tu vida por la borda. Somos de la misma estirpe, pero cuando estuve encarnado, sabía exactamente lo que estaba haciendo. Logré poder, manipulé gente y cuando me encontré aquí, no me sorprendió el sitio.

Álvaro seguía asustado. No recordaba en absoluto a ese hombre. Nada responde. Le dolía la cabeza. Cómo duele, se dijo a sí mismo.

La criatura siguió hablando.

—Con el tiempo, recordarás algunas cosas. También te acordarás de mí y de otros. Sí, no será fácil para ti. La última vez, fuiste rescatado. Supongo que alguien interfirió para que no tuvieras que quedarte aquí. Así que te reencarnaste. Yo, en cambio, parezco estar hecho para este lugar. Verás, me he adaptado tan bien que hay muchos a los que domino y subyugo.

¿Cómo te conocía tan bien un tipo así? ¿Cómo tiró su vida por la borda? Había tantas preguntas y solo criaturas horribles o dominantes, como aquel tipo, durante el breve tiempo que llevaba allí, que podrían responderlas. Algunos parecían no tener ni siquiera la capacidad de hablar. Visualizó en la distancia, criaturas deformes, rostros horrendos, caras sin boca, ojos ni orejas. Otros sin partes del cuerpo. Cerca de él, criaturas atacando a otras, hiriéndolas de alguna manera, continuamente y sin piedad.

Parecía, se lamentaba ante un final tan triste, que no era posible. ¿En qué se había equivocado? Nunca robó, nunca mató, nunca engañó, siempre cumplió con sus obligaciones. ¿Dónde?, se dijo, ¿dónde se había equivocado?

# Urussanga, 1943

El día empezaba a clarear en el barrio de Santana, ubicado en la ciudad de Urussanga, estado de Santa Catarina, Brasil. El señor Antonio y la señora María se despertaban con el ruido de los camiones y el paso de los mineros, muchos de ellos descendientes de italianos, que huían del hambre y la miseria que asolaban la región del noreste de la actual Italia, y de otros brasileños de varias regiones, que buscaban mejores oportunidades de vida en la extracción del carbón, el oro negro que, desde principios de la década, movía el barrio obrero.

Álvaro había nacido en Santana dos años antes, el hijo mayor de una familia a la que se sumaría una hermana nacida años después. La casita de madera, a pesar de ser muy parecida a las demás del barrio, había sido construida en una calle pequeña, un poco más lejos. El señor Antonio y su esposa no eran nativos de la ciudad, sino que habían nacido en Criciúma, una de las ciudades más destacadas de la región sur de Santa Catarina, Brasil, desde el año 1900.

Se mudaron a Urussanga motivados por el deseo del patriarca de la familia, de mejorar su vida. Previamente había trabajado en la agricultura y el trabajo en la minería, aunque era penoso y acababa rápidamente con la vida de los que trabajaban allí, era lo suficientemente rentable como para asegurar el sustento de la familia. Su interés fue despertado por un conocido que había oído que la ciudad necesitaba urgentemente mano de obra para las nuevas minas de carbón que se estaban abriendo en varios distritos del municipio.

Reunió su único cruzeiro, moneda de la época, y antes de la mudanza definitiva, consiguió comprar una pequeña casa, que le vendió un hombre que compró una más grande, para acomodar mejor a la creciente familia.

La mudanza le garantizó a Antonio un empleo. Era un hombre delgado, pero con la fuerza de voluntad y física para soportar el agotador trabajo, y le dio a Álvaro la oportunidad de nacer y vivir en la comunidad hasta su adolescencia.

Durante los años que vivió en Santana, Álvaro se comportó como un niño normal, criado en los años cuarenta. La Segunda Guerra Mundial hacía estragos en el extranjero y los italianos eran poco a poco perseguidos por algunas personas del pueblo. No se permitía hablar en italiano ni en ningún dialecto, no se veía con buenos ojos la reunión de hombres de ascendencia italiana.

Estas situaciones no afectaron a la familia del señor Antonio. En primer lugar, porque no era descendiente directo o indirecto de italianos. En segundo, porque era un hombre que no se metía en política ni en otros asuntos que no le concernían. Prefería mantenerse alejado de los temas controvertidos o que pudieran traer problemas a la familia en el futuro.

En este entorno, Álvaro tuvo una infancia sencilla. Aunque predominaba la falta de bienes materiales, de vez en cuando tenía una comida al día, su vida era razonablemente mejor si se compara con otras personas de la comunidad, con familias más numerosas, en las que el reparto del pan, por muy glorioso que fuera este gesto, seguía reinando la desnutrición.

Tenía pocos amigos, tanto en el barrio como en la escuela del pueblo, y era un chico de pocas palabras. Un chico realmente ordinario para esa época. Su belleza física no destacaba, ya que heredó los rasgos genéticos de su padre, como la delgadez, los ojos marrones, el pelo liso y la nariz.

Se puede decir que Álvaro tampoco era tímido. Respetaba mucho a su padre, que le había dado buenos consejos, como estudiar y tratar de evitar los problemas. Era mejor estar solo con su familia que tener amigos que pudieran meterle en problemas.

El señor Antonio y la señora María solamente tenían una certeza cuando pensaban en el duro trabajo de él y en la vida sencilla que llevaban. Era necesario que su hijo pudiera progresar en sus estudios y, posteriormente, en la sociedad.

Álvaro nunca fue un niño malo. Nunca se comportó mal. No era perezoso, siempre hacía las tareas domésticas que su madre le mandaba, como barrer la casa, cuidar de las gallinas, del cerdo y deshierbar el pequeño patio, con un árbol de lima-naranja y una pequeña parra que el señor Antonio plantó meses después de que Álvaro naciera.

Ir a la escuela fue un gran hito para Álvaro. Conoció gente nueva, pero se llevó el consejo de su padre de prestar atención en la escuela para tener éxito en la vida. Este gesto lo convirtió en un alumno tranquilo y obediente.

En febrero de 1950 nació Bruna. La hermana de Álvaro. Bruna era totalmente diferente a su hermano. Extrovertida, habladora, había desafiado a ambos padres desde una edad temprana. No se comportaba como sus padres querían, pero siempre mostraba afecto hacia Álvaro. Los siete años de diferencia entre los hermanos le convirtieron a él en un ejemplo a seguir para Bruna en algunas situaciones que la vida acabó reservándole.

Perceptiblemente, era el retrato común a millones de familias brasileñas en aquellos años. La única diferencia era el hecho de que el señor Antonio y la señora María solo tenían dos hijos.

Los vecinos, cuando había algún evento en el que la pareja estaba obligada a participar y llevar a sus hijos, como eventos de la iglesia o de la empresa minera, siempre cuestionaban a la pareja por la ausencia de más hijos. A los extraños les decían que la señora María no podía tener más hijos. En realidad, la pareja, aunque vivía en la sencillez y la tosquedad de su trabajo, supo entender que valía mucho más la pena criar a sus dos hijos que tener una familia numerosa.

Incluso a riesgo de que uno de sus hijos muriera de una enfermedad contagiosa, tan usual en aquella época, como el sarampión, la rubeola, la difteria, el tétanos, la tosferina, la parálisis infantil, las infecciones por heridas y las mordeduras de animales venenosos, como serpientes y arañas, comunes en aquel pueblo.

Poco a poco, el señor Antonio se fue ganando el respeto del pueblo. Cuando Álvaro cumplió dieciocho años, en 1961, decidió invertir todos sus ahorros para pagar la educación universitaria de su hijo.

Álvaro no era un estudiante brillante, pero era muy trabajador. Siempre sacaba notas medias y el señor Antonio, ya jubilado de la empresa minera y sufriendo las consecuencias del trabajo agotador durante años en el ambiente insalubre, apeló a su hijo:

—Hijo mío, hoy tenemos una vida digna. Pero mi salud no me permitirá estar cerca de tu madre y de mi hija por mucho tiempo. Mis pulmones están enfermos y esta falta de aire que siento, el médico dijo que tiende a empeorar. Así que hagamos un trato. Eliges una universidad que te haga médico o alguna otra profesión destacada. Mi único deseo es que consigas dar una vida mejor a nuestra familia. A cambio, pagaré toda o una parte importante de tu universidad.

Álvaro, a sus dieciocho años, era un chico responsable. No había tenido una adolescencia difícil, su personalidad no había sufrido grandes cambios y, al mismo tiempo, no era popular entre las chicas, lo que, en ese momento, le facilitó aceptar la petición de su padre.

Entonces decidió estudiar Ingeniería Mecánica. Le gustaban los números y los cálculos eran lógicos, así como los engranajes. Otras carreras, como la de abogado, médico o cualquier ciencia no exacta, permitían diferentes interpretaciones para una situación determinada. Le gustaban los datos duros.

Había hecho su elección y se lo había comunicado a su padre. El padre, satisfecho con la elección de su hijo, le dijo que averiguara la fecha del examen de admisión para el curso, que, en ese momento, solo se ofrecía en la capital.

El señor Antonio se sintió realizado. Su hijo podría tener una vida tan cómoda como la de sus superiores, muchos de ellos ingenieros. Fueron ellos quienes indicaron los emplazamientos de las minas de oro negro, el abundante carbón de la región. Cuando dejara esta vida, encontrara lo que encontrara después, no habría ningún sentimiento de remordimiento por haber criado a un hijo fracasado. Por el contrario, de ese pueblo, sería una de las pocas personas que llevaría a sus hijos a una vida mejor económicamente.

Padre e hijo se entendieron perfectamente. Bruna acababa de cumplir once años y este fue también uno de los factores que influyó en la decisión de Antonio de hablar seriamente con su hijo.

Para su padre, sería natural que el primogénito guiara a su hermana respecto al futuro. En su ausencia, podría controlar el fuerte temperamento de Bruna, sin dejar de lado su mano firme, en un intento de guiar a su hija por el buen camino.

Con la elección hecha, Álvaro estudió mucho durante meses para intentar ganar el examen de ingreso en el primer intento. No fue una tarea fácil, ya que la mayoría de los alumnos tenían un mayor poder adquisitivo, lo que facilitó el acceso a los profesores y a la escuela privada, sin menospreciar a los buenos profesores que pasaron por la vida de Álvaro. La educación pública en aquella época se diferenciaba muy poco de la privada.

Ni siquiera las calurosas y sofocantes tardes de verano en Urussanga le desanimaron. La ciudad, al recibir a los residentes de otros estados, sorprendió a los visitantes por la alta temperatura combinada con el calor sofocante. Algunos dijeron que el clima en esta época del año era muy similar al de algunas ciudades del centro de Brasil o incluso de Manaos. Un calor húmedo, casi viscoso. Así como llegó, se iría en los primeros días del otoño.

Estudió, como prometió, y el examen de admisión fue programado para enero de 1962, en Florianópolis.

# Florianópolis, 1962

Álvaro estaba eufórico. Al fin y al cabo, estaba en la capital y, si era aprobado, sería alumno de la primera generación de Ingeniería de la recién creada Universidad Federal de Santa Catarina (UFSC). Consiguió, a través de los conocidos de su padre que tenían parientes o conocidos en la capital, encontrar un lugar donde vivir.

El sitio elegido fue una fraternidad de estudiantes, lo que chocó a Álvaro al principio. Era un batiburrillo de voces, de personas diferentes, de los más variados temas que las voces difundían entre las paredes del sitio.

Estaba frustrado, al menos en la expectativa de que el punto sería lo suficientemente tranquilo para los estudios. Una joven que había llegado unos días antes se le acercó amistosamente:

—¡Oye, tú ahí! ¿Te has perdido? —dice riendo, confraternizando con los demás con un vaso de bebida alcohólica.

—Creo que sí. Acabo de llegar. Estoy aquí para el examen de ingreso a la universidad.

—¿Qué curso? —pregunta ella, curiosa.

—Ingeniería Mecánica. Y tú, ¿ya estás estudiando?

—No, no, también vine a tomar el examen de admisión. Por tu acento, eres sureño. ¿De dónde eres?

—Urussanga, ¿lo conoces? —dice, como si hablara de un lugar desconocido.

Da un fuerte grito, llamando la atención de los demás estudiantes:

—¡Oigan, chicos, tenemos aquí a alguien de la tierra del carbón y del vino de Getulio Vargas! ¡El joven aquí es de Urussanga!

Los alumnos del pasillo se ríen fuerte y brevemente ante el arrebato de la chica. El bullicio continúa.

—Bueno, ahora necesito saber de dónde eres. Creo que es justo, ¿no? —dijo Álvaro, algo desarmado por la actitud de la chica y por el primer sorbo de cerveza.

—Soy de Blumenau. Mis padres no me retenían en casa para nada. Opinaron que era mejor que estudiara a verme infeliz. Yo soy así, inquieta, juguetona, pero siempre quise estudiar. Quizás para la mayoría de los hombres soy una mujer diferente, pero no reflexiono en la familia ni en los hijos. Pienso en mí misma. Supongo que mi pensamiento es egoísta, ¿no?

—No voy a opinar, pero, ¡ni siquiera sé tu nombre!

—Gabriela. ¿Y el tuyo?

—Álvaro, encantado de conocerte.

Lo que ambos no sabían era que la amistad entre ambos se reforzaría con el paso del tiempo, principalmente por el hecho de que aquella mujer le recordaba a su hermana Bruna. Inteligente, incontrolable e insaciable en ciertos asuntos de la vida.

—Gabriela, ¿cómo vamos a prepararnos con todo el jaleo que hay en esta hermandad?

—Cálmate, amigo mío. ¿Puedo llamarte así? Esto es solo una fiesta de bienvenida, que se repetirá varias veces. Así es la vida universitaria. Pero hay más días tranquilos que fiestas de alcohol y tabaco.

—Menos mal. No puedo decepcionar a mi padre. No puedo decepcionar a mi padre.

—¿Qué quieres decir con que no puedes decepcionar a tu padre? —¿Qué? ¿Estás aquí solamente porque él quiere que estés? —pregunta ella, molesta.

—No. —Estoy aquí por su deseo y el mío. Quizá en otro momento pueda contarte más sobre mi historia y quizá tú puedas contarme más sobre la tuya. ¿Podemos hacer este trato?

—Trato hecho, urussanguense —dice riendo.

—Mi habitación, ¿dónde está? —pregunta él, aún perdido.

—Verás con los chicos donde hay una cama disponible. El ambiente aquí es prácticamente comunitario y aunque no te guste la postura de algunas personas, habrá que acostumbrarse a ella. ¿Está bien?

—Está bien, no hay problema. Ya veré cómo me desenvuelvo por aquí.

Charlando con otros chicos, descubrió una litera con la parte superior vacía. Era simple, como él. No habría ninguna dificultad, siempre y cuando hubiera una pequeña mesa para estudiar o algún otro lugar para trabajar de la mejor manera posible. Era esencial que aprobara el examen a la primera.

Echaba de menos a sus padres. Ciertamente, tenía que encontrar, en poco tiempo, un trabajo que le permitiera al menos pagar su viaje ocasional a Urussanga. Y Bruna, siempre estaba en sus pensamientos. ¿Qué sería de su hermana sin él?

Pasó la primera noche en el albergue con dificultades para dormir. La fiesta duró toda la noche. Varios colegas estaban muy borrachos y supuso que algunas parejas, unidas por la embriaguez, habían intimado demasiado.

Cuando se despertó, se dio cuenta de que tenía hambre. No había comido nada en todo el día, desde que llegó a la estación de autobuses, directo a la fraternidad.

Otras personas ya estaban despiertas o simplemente no habían dormido. Preguntó por el desayuno.

—Aquí, cada quien ve por sí mismo. Todos deben colaborar en la organización del entorno. Hay una pequeña nevera y en ella tenemos una tabla de limpieza semanal. Todos los alimentos deben estar en recipientes con el nombre de la persona que vive aquí. Los que no tienen nombre se tiran el día de la limpieza. ¿Entendido, novato? —dijo uno de ellos.

—Sí, lo entiendo. Eso significa que, si quiero tener mis comidas, tengo que comprar todo y luego limpiar el lugar.

—Eso es casi todo, aunque algunos días las chicas cocinan y nosotros ayudamos a limpiar la cocina. Lo mismo puede ocurrir con la cena. Es una forma de mantener el ambiente sociable. Cada uno compra algo y preparamos una buena comida o cena.

—Qué bien. Algo positivo, entonces. ¡Gracias! Por cierto, ¿dónde está la panadería o el mercado más cercano?

—Diez minutos de distancia. Estamos en el centro. Encontrarás las tiendas cerca, justo en esta calle.

Álvaro fue al mercado. Compró pan, fideos, sardinas enlatadas y una pequeña lata de café. Sería suficiente para mantenerlo despierto durante los próximos días.

Para estudiar, desarrolló una sencilla estrategia: en la residencia había una mesa de estudio compartida. Se dio cuenta de que la mayoría de los estudiantes no estaban tan concentrados como él en la seriedad del examen de selección. Cuando estuviera desocupada, estudiaría todos los temas. Si no hubiera otra opción, estudiaría en algún sitio aislado de la avenida Mauro Ramos. La hermandad no estaba lejos del barrio.

Estudió hasta la fecha del examen, a mediados de abril de 1962. Hizo la prueba con mucho nerviosismo, siendo el último alumno en salir del aula. Tenía una confianza inquebrantable en que había acertado una cantidad importante de preguntas.

A finales de mes, salieron los resultados. Estaba entre los estudiantes aprobados, en la mitad de la lista de estudiantes de ingeniería. La euforia se había apoderado de su interior. Era necesario que la familia conociera la buena noticia.

Desde un teléfono público, llamó a un conocido que vivía en el centro de Urussanga. Pidió que alguien les dijera a sus padres que había aprobado el examen y les pasó su dirección postal para que sus padres pudieran escribirle.

—Álvaro, ¡qué alegría! Claro que sí, le pediré a uno de los conocidos de mi padre que lleve el mensaje. Enhorabuena. Entonces, ¿podemos tener la oportunidad de contar con un auténtico ingeniero urussanguense? —dijo el caballero al otro lado de la línea.

—Sí. Por lo que a mí respecta, no faltará esfuerzo para afrontar el reto. ¿Puede darme también mi dirección de correspondencia? Es que, yo también les estoy escribiendo una carta.

—Por supuesto, joven. Le deseo lo mejor. ¡Buena suerte en sus estudios!

—Gracias, señor, espero visitar pronto mi querida ciudad. —dijo, conmovido.

Termina la llamada y, en el mismo escritorio, intenta escribir una carta a sus padres.

Calma lo suficiente sus nervios y su corazón, toma la pluma taquigráfica y comienza a escribir la carta, para informar mejor a su familia:

Queridos padres:

He aprobado el examen de acceso a la universidad. Mi corazón está radiante de alegría. Después de todo, he conseguido mi objetivo, que era entrar en este curso disputado. Estoy viviendo en el albergue, tratando de pensar solo en mis estudios. El futuro parece desafiante, pero cuando aparecen las dificultades en el camino, reflexiono mucho en papá, que tanto luchó por nosotros.

Estoy preocupado por mamá y Bruna. Me gustaría que Bruna respondiera a esta carta, contándome los detalles de cómo está la familia. Deseo lo mejor para nosotros y que todos estén bien.

Estoy seguro de que ya conocen la buena noticia, ya que le pedí a un conocido de papá que les transmitiera el mensaje, pero he opinado que sería interesante escribirles a todos y contarles con más detalle la buena noticia. Pasé el examen con calificación suficiente para ser aprobado.

Durante mis vacaciones, tengo la intención de quedarme en Urussanga.

Saludos:

Álvaro

# Mayo, 1962

Es el primer día de clase. Está nervioso, inquieto. Los pasillos de la recién inaugurada Universidad Federal bullen de conversaciones. Los nuevos estudiantes, conocidos como novatos, intercambian sus primeras impresiones. Álvaro está solo, apoyado en una pared cerca de su aula.

Todavía quedan veinte minutos para el comienzo de las clases, tiempo suficiente para que Gabriela se lo encuentre.

—Oye, Álvaro, ¿estás contento? —le pregunta sinceramente.

—¡Por supuesto! Si la felicidad significa estar nervioso, pienso que está bien. Y tú, ¿cómo estás?

—Estoy bien. Supongo que, en cierto modo, me siento realizada. Vamos a iniciar nuestros días aquí, ¿no crees? —ríe y le hace un guiño divertido a su amigo.

—Por supuesto, por supuesto. Serán cuatro largos años de estudio. Tendremos que aguantarnos los unos a los otros —contestó, en un intento de mantener a raya su buen humor y su nerviosismo.

—Escucha, Álvaro, vamos a hacer una pequeña fiesta en la hermandad, ¿quieres ir?

—No sé, considero que podría afectar a mi rendimiento en los estudios...

—Nada de eso, tonto. Nos tomaremos unas cervezas, contaremos chistes y nos reiremos un poco de la vida. ¡Es solo una distracción!

—Tienes razón, un poco de diversión es una forma de celebrar esta valiosa victoria.

—De acuerdo. He quedado con mis amigas. Me dio gusto verte. —Se despide, besando a Álvaro en una de sus mejillas.

Se va y se sonroja un poco. No está acostumbrado a esas intimidades con las mujeres. Estaba un poco sorprendido. No creía que le hubiera dado tanta libertad. Pero, de todos modos, fue una agradable sorpresa.

Asiste a la primera clase, con la participación del rector, que da la bienvenida a los alumnos y habla de la importancia de los estudiantes para la vida económica, social y financiera del estado de Santa Catarina y de las ciudades donde desarrollarán su trabajo, en caso de que consigan terminar sus cursos.

Una vez finalizada la conferencia del rector, uno de los profesores explica el funcionamiento del método de evaluación de los alumnos, los horarios, las normas de la Universidad y las sanciones en caso de incumplimiento de alguna norma.

Álvaro escuchó atentamente las palabras de todos. Era un día importante para él y se aseguró de sentarse en el primer pupitre, para atender y absorber todo el conocimiento posible.

Al final de la clase se había olvidado por completo de la invitación de Gabriela. Al llegar a la hermandad, escuchó desde la entrada el notable bullicio de sus compañeros.

¡La fiesta!, recordó. Buscó a Gabriela, la única persona con la que tiene más intimidad. La encuentra, con otros compañeros de ella. Todos estaban tomando una cerveza con refresco.

—¡Álvaro! ¿Disfrutaste de tu primera clase?

—Me gustó tanto que me prometí a mí mismo que me sentaría siempre en el primer pupitre —dice, riendo de felicidad.

—Bueno. ¿Quieres sentarte con nosotros? Aprovecha, porque eres el único hombre alrededor de otras cuatro mujeres.

—Me siento importante. Vamos, Gabriela. Es un placer estar aquí. Gracias por la invitación.

Hablaron toda la noche, de los temas más variados, arrullados por la cerveza. Cuando se acabó la cerveza, alguien trajo whisky. Álvaro se emborrachó. Era una sensación diferente, de pérdida de autocontrol; anestesiante, con una sensación de liberación en el arte de la palabra y el pensamiento.

Se desinhibió. Las mujeres, al parecer, le prestaban atención. Nunca se había fijado en ese detalle. Se vuelve más audaz a medida que pasan las horas. Ellas ríen, él también, de todo lo que dicen. La hipnosis etílica los aleja de la racionalidad y del sentido de los límites.

Al final de la noche, Álvaro llama a Gabriela. Ella responde, va con él a la parte trasera de la casa, saliendo por la pequeña puerta que da acceso al pequeño patio.

La besa con fuerza. Ella acepta el beso ardiente. El alcohol no metabolizado sigue actuando en sus cuerpos. Se atreve un poco más. Presiona su cuerpo contra el de ella. Escucha algo parecido a un gemido.

Instintivamente, se dirige a la pequeña casa donde se guardan los suministros de limpieza y reparación de la hermandad. Hacen el amor de forma desquiciada, totalmente embriagados. Había perdido su virginidad con su amiga.

Vuelven a la fraternidad, como si no hubiera pasado nada. Los espectadores sobrios (había algunos) se fijaron en el lápiz labial embadurnado en la boca de los dos, en las ropas desaliñadas y en la certeza de que los dos estaban involucrados de alguna manera. En la fraternidad hay una norma subyacente: cada uno es responsable de su propia vida, lo que hizo que el incidente no tuviera prácticamente ninguna repercusión, porque en las fiestas siempre había algún suceso similar al que les ocurrió a ellos dos.

Álvaro cayó en la cama agotado, en todos los sentidos. Durmió hasta las siete de la mañana del día siguiente y se despertó con un terrible y punzante dolor de cabeza. Nunca se había sentido así. No nada más le dolía la cabeza, sino también el estómago.

Tomó una aspirina, que había guardado en sus pertenencias, e intentó preparar su café. Como nunca se había emborrachado, le preguntó a uno de sus compañeros, que compartía la mesa, sobre el dolor.

—Así que, Álvaro. Toda acción tiene una reacción. Lo que estás pasando se llama resaca.

—¿De verdad? ¿Quieres decir que cada vez que bebemos en exceso, nuestro cuerpo reacciona de esta manera?

—Exactamente. Y no solo eso. La ingestión de alcohol es perjudicial para el organismo.

—¿Por qué dices eso?

—Verás, vengo de una familia protestante. Sabemos lo malo que es el alcohol para la gente. Soy abstemio. ¿Sabes qué es eso?

—No, ¿puedes decirme más sobre eso?

—Significa que no bebo. No perjudico mi cuerpo, pensamos que el alcohol es perjudicial para el cuerpo. El que nos dio el cuerpo es Dios y el acto de dañarlo es una afrenta contra el Padre.

—Tienes una religión llena de reglas, así que... —dice, aún esperando los efectos de la aspirina.

—Sí, la disciplina es importante para el ser humano. Lo mismo ocurre con la fe. Por cierto, ¿tienes una religión?

—¿Yo? Creo que soy católico. Sinceramente, nunca he creído en estas cosas. Milagros, vida después de la muerte, liberación, cosas así. Soy muy racional.

—¿Así que eres ateo?

—Tal vez lo sea. Creo en los valores familiares, eso es seguro.

—¿No crees que somos eternos? —pregunta su compañero, desafiante.

—No, creo que nada. Vivo la realidad, el aquí y el ahora. Si te he frustrado, te pido disculpas. Y gracias por la lección sobre el alcohol.

Deja la mesa y regresa a la cama. Todavía no se siente bien. De repente, recuerda que tuvo algo con Gabriela, pero no sabe exactamente qué fue. Al mismo tiempo, le da vergüenza preguntarle. De todos modos, cuando se recupere, antes de ir a clase, le preguntará.

En cualquier caso, ha tomado la decisión de que, cuando beba, no se excederá. En absoluto. No le resultaba nada interesante perder el sentido de sí mismo, por muy placentera que fuera la sensación inicialmente. Es importante tener la cabeza despejada, se dijo a sí mismo.

La aspirina hace efecto, se levanta, ahora con más energía. Decide buscar a Gabriela. Recorre la casa de la hermandad y no la encuentra. Posiblemente ya esté despierta y ocupada con otras cosas.

Hay un sentimiento de preocupación por Gabriela, pero todavía no sabe exactamente por qué.

Durante el día se encuentra con ella. Le llama con el dedo índice, a un lugar alejado de todo el mundo.

—Oye, Álvaro. ¿Recuerdas lo que pasó ayer?

—No sé, Gabriela, creo que sí. Hemos cruzado la línea, ¿no?

—Oh, sí, lo hicimos. Hicimos el amor allí en la casita. ¿Te gustó?

Se ha quedado sin palabras. Se disculpa con la chica, diciendo que no era su objetivo quitarle la virginidad ni ser grosero con ella. Estaba borracho, externó mil perdones.

—No te preocupes, no soy virgen y solo fue una noche de diversión. Nada más espero no quedarme embarazada, porque me di cuenta de que nunca habías tenido una mujer. ¿Seguimos siendo amigos?

—Sí, sí. Si quieres, por supuesto.

—Tontuelo, claro que quiero. Lo que ocurrió ayer fue una necesidad orgánica. Creo que lo entiendes, ¿no? —Se ríe de su inocencia.

Álvaro sigue sus días, estudiando mucho y con mucha fuerza de voluntad, sacando buenas notas y al final del semestre, avanzando en todas las asignaturas.

## Santana, Nochevieja 1962 - 63

Regresó a Urussanga durante las vacaciones de diciembre. Encontró a su viejo padre, más enfermo, y a su madre, siempre entregada a las tareas familiares.

Pasan la Navidad y la última semana del año en paz. Habló mucho con Bruna, que durante días le pidió que le contara todo lo que había pasado durante esos meses que había pasado en la capital. Le cuenta todo lo que necesita saber.

Está emocionada, su hermano consigue de alguna manera controlar esa vivacidad suya en forma de rebeldía. Es lo que siempre soñó, salir de allí y tener una vida independiente, cuando llegue a la edad de su hermano mayor.

—Álvaro, ¿crees que puedo llegar más lejos, como tú?

—Por supuesto, Bruna. ¿Alguna vez te he dicho algo diferente? Si no fuera por papá, sin duda me sería imposible llegar a donde estoy. Cuando me gradúe, supongo que podré tener un empleo y hacer lo mismo que papá está haciendo por mí. Este es el significado de la familia. Y también para dar más comodidad a los dos. ¿Cómo está papá?

—No está bien. Hablé con su médico. Dijo que no duraría mucho. Sus pulmones están demasiado comprometidos. Esta enfermedad de la mina es fatal.

—Yo también estoy preocupado por él, pero evito hacer preguntas. Noto que se esfuerza por parecer que está bien o se controla al máximo si tiene dolor. ¿Es posible que podamos buscar otro médico para que le ayude?

—Verás, Álvaro, le hice la misma pregunta al médico. Me dijo que había consultado a otros colegas, me mostró las radiografías de papá y todos llegaron a la misma conclusión. Es difícil que pase de los sesenta y tres años.

Álvaro se pone muy triste y nota lo mismo en el hablar de su hermana. Para compensar su ausencia, intenta hacer todas las comidas con la familia.

En los festejos de Año Nuevo de 1963, pasan la noche todos juntos en la casa de Santana. El barrio, la gente, son todos iguales, como si se tratara de una imagen inmóvil de una realidad que no cambiará en mucho tiempo. Su padre compró un vino espumoso y, a medianoche, descorcharon. Estaban celebrando el éxito de su primogénito en sus estudios.

A la mañana siguiente, el padre pidió hablar con su hijo a solas.

Va y se reúne con su padre. Tal vez tenga algún consejo, o alguna consideración que dar.

—Hijo mío, me alegro mucho por ti. El motivo de nuestra conversación es sobre mi salud. Por desgracia, ha empeorado. Fui en secreto al médico y le pregunté por mi situación. Intentó negarlo, pero le dije que los ingenieros de la mina dicen que los médicos deben decir la verdad, según el juramento de un hombre llamado Hipócrates. Creo que ese es el nombre. Así que estaba avergonzado. Me dijo toda la verdad: me queda como mucho un año de vida. Como todavía estoy lúcido, he hablado con un ingeniero con el que trabajaba antes de enfermar. Me dijo que debía hacer un testamento y dejar todo dividido. Hablé con tu madre y estuvo de acuerdo. Sabes que no puedo irme de aquí y dejarte en la miseria. Como seguirás estudiando y el dinero que he reservado te permitirá terminar esta etapa, escribiré que tienes derecho a la casa. El ingeniero dijo que es la ley, así como el derecho al ahorro. Sin embargo, debes estar de acuerdo en que ellas utilizarán la casa mientras estén vivas o sean solteras. Tu madre y Bruna se casarán algún día.

—No digas eso, papá, ¡ni siquiera lo pienses! Estás ahí vivo y ya estás pensando en lo peor. Muy bien, estoy de acuerdo con todo. Haz lo que consideres conveniente. Pienso mucho en ti y en ellas en la capital.

—Lo sé, hijo mío. Mi fe en Dios no me permite ser egoísta. Crees en Dios, ¿verdad, hijo?

—Padre, un día me hicieron la misma pregunta en la capital. He dicho que soy muy racional. Creo en los hechos y en la ciencia.

—Es una pen,a hijo mío, creer en Dios nos hace soportar los retos del camino. Espero que un día creas en Él. Entonces, ¿hemos terminado?

—Sí. Eres un gran hombre. Gracias por dedicar tu vida a nosotros.

—No he hecho más que mi deber. De acuerdo. Ahora vete, ocúpate de ellas.

Se va, triste. No sabía que su padre ya conocía el panorama real de su situación. Ahora es aún más necesario que sea el sostén de la familia. No estaba preparado para ello, pero afrontaría la situación de la mejor manera posible.

## Teresa, 18 de marzo de 1963

Estaba de vuelta en la capital. Su padre había muerto inesperadamente. A Álvaro le tocó organizar todos los preparativos del funeral y la tristeza le seguía invadiendo constantemente. En el segundo semestre, siguió estudiando de la misma manera, pero evitando el consumo excesivo de bebidas. Creó un método llamado "rascarse la cara". Un amigo le dijo que cuando te rascas la cara y no sientes el contacto, estás borracho. Antes de perder este sentido, detén el consumo de alcohol. En todas las fiestas ha procedido así y no ha vuelto a tener contacto con Gabriela. No en el punto íntimo, obviamente.

El 18 de marzo, lunes, comenzó el curso escolar. En el otro semestre, había alumnos nuevos y los novatos hacían sus presentaciones.

La atención de Álvaro se centró inmediatamente en aquella mujer alta, delgada, de ojos marrones y pelo color fuego. Parecía tener una auténtica vivacidad.

Con la excusa de que solo se estaba presentando, intentó alargar la conversación con Teresa. Ella se presenta, dice que es de la mismísima capital, de una familia de clase media y que le gusta la ingeniería. Es de suponer que la conversación le pareció interesante, ya que contó algunos detalles de su vida privada, con especial atención a su trabajo como voluntaria.

—Álvaro, ¿cierto? Lo siento, tu nombre no parece combinar contigo. Bueno, mis padres siempre me han animado a estudiar. En mi tiempo libre, intento practicar la caridad y participo en un centro espírita, ayudando en su labor.

—Centro espiritista, ¿qué es eso? Me recuerda a las religiones africanas...

—No, nada de eso. Tenemos un profundo respeto por las religiones, por todas ellas. Un centro espírita es un lugar de estudio de la doctrina espírita y de fomento de la práctica de la caridad, así como de las enseñanzas del maestro Jesús.

—Interesante, nunca he oído hablar de ello —dice, realmente curioso.

—Álvaro, ¿crees en Dios?

Recordó otras conversaciones en las que le habían preguntado exactamente lo mismo. Incluso parece una coincidencia.

—No, no creo, soy muy racional, por eso elegí estudiar ingeniería.

—Espero que un día nuestro propio curso te haga preguntarte si detrás de todos los engranajes, Dios está actuando entre bastidores. Tengo mucha fe, no nada más en Dios, sino en Jesús y valoro todo y cualquier acto que busque traer el bien a las personas, no solo material, sino también espiritual.

—Felicidades. Eso es hermoso.

—¿No quieres ir allí conmigo un día? —pregunta.

—Teresa, lo siento, pero no considero que sea mi área. No puedo mentirme o engañarme a mí mismo si no tengo fe. Eso es lo que puedo expresarte ahora.

—Muy bien Álvaro, de todas formas, es un placer conocerte. Nos veremos muchas veces más —dice, con una certeza absoluta sobre el futuro.

Mantiene una buena impresión de la chica. Es una pena incluso que no comparta sus opiniones. Sin embargo, es una buena mujer, se repite a sí mismo varias veces.

Álvaro no sabe que Teresa es una mujer de espíritu altivo, desprendida del materialismo, abnegada en hacer todo lo posible por el prójimo, aunque provenga de una familia mayoritariamente materialista.

Teresa conoció la doctrina espiritista gracias a unos amigos. No encontró ninguna explicación en otras religiones o en libros sobre el don perceptivo que percibió inmediatamente en algunas personas. Percibió a algunas personas de modo más ostentoso, a otras un poco menos. Y algunos la engañaron totalmente.

Cuando asistió a su primera conferencia sobre la doctrina espiritista, conoció el Libro de los espíritus. Allí encontró la respuesta a tantas preguntas que se había hecho durante su adolescencia. Así que eso fue todo. La vida es evolución, el espíritu es eterno y la muerte es solo una etapa, una escuela práctica de evolución espiritual.

Contó a sus padres su adhesión al espiritismo y se sorprendió al no encontrar resistencia.

—Hija mía, si ahí encuentras el fortalecimiento de tu fe en Dios, sigue adelante. No nos descalifica en ningún momento, y de ninguna manera, que optes por una religión diferente a la nuestra. Lo importante es que seas una buena persona.

—Papá querido, gracias por tu comprensión. Quiero seguir trabajando en favor de los más desfavorecidos y en el mayor secreto posible, me parece incoherente hacer el bien y hablar a los cuatro vientos de estos actos.

—Es verdad, hija. En la Biblia, podemos ver que los que hicieron esto fueron los fariseos. Jesús dijo que el bien que hacemos al prójimo es una forma de amarlo. Sigue lo que dice tu corazón.

Se abrazaron emocionados. Desde ese día, con el apoyo de su familia, se dedicó constantemente al estudio de la espiritualidad y a la práctica del bien.

Álvaro le cayó bien de inmediato. Ella no sabe la razón ni su origen, pero es un buen hombre. Nadie podría condenarlo por no creer en Dios, pero parece tener un enorme afecto por su familia, lo cual es un gran paso. Tenía grandes esperanzas de que Álvaro, por su libre albedrío, percibiera naturalmente la existencia de Dios y sus misterios en el plano terrenal.

Durante ese semestre, siguió reuniéndose con Álvaro casi a diario, sin hablar directamente de espiritualidad.

Álvaro sintió que la chica le gustaba. Una mujer dulce y amable, con un brillo en los ojos que él no conocía.

Había dentro de él un interés único por invitarla a salir, por ir al cine, por escuchar su voz sobre cualquier tema.

Al final del semestre tomó la iniciativa de invitarla:

—Teresa, ¿aceptarías una invitación mía para ir al cine?

—Por supuesto, eres un caballero. Será un placer contar con tu compañía.

Van al cine, uno de los más famosos de la capital. Hay una energía simétrica que une a los dos, por mucho que no se den cuenta. Para Teresa, hay una misión vital allí, que el velo del olvido le impide recordar. Lo mismo ocurre con Álvaro.

Al salir del cine, él mira con tanto amor esos ojos que la besa tiernamente.

—Teresa, no sé qué es el amor entre un hombre y una mujer, pero si es el deseo de estar juntos y disfrutar de cada momento en tu compañía, entonces creo que te amo. ¿Aceptarías ser mi novia?

—Álvaro, te amo desde hace mucho tiempo. Puedo hablar con más precisión del sentimiento, porque vive en mi corazón. Sí, acepto tu invitación.

—Aunque difiero de ti en muchas opiniones y actitudes... —pregunta, sacando a relucir su lado racional.

—Álvaro, todos los que estamos aquí, en primer lugar, no somos perfectos. Estamos aquí para aprender unos de otros y que la superación de lo que tú llamas defectos es una etapa natural de la vida humana. ¡Claro que acepto!

Se abrazan, se besan de nuevo y caminan de la mano. Álvaro no lo sabe, pero ese es el primer momento clave que podría liberarle del Umbral, muchos años después.

La unión de ambos es solo el comienzo de un nuevo desarrollo en la vida de Álvaro. Para Teresa, es la certeza de encontrar un compañero de viaje sincero. En este aspecto, Álvaro no falló.

# Diciembre de 1966

Era la graduación de Álvaro. Ella, estaba en su último semestre. Ambos conocieron a sus familias, causando una buena impresión a todos.

Bruna adoró a Teresa. Fue muy dulce, elocuente sobre los hechos de la vida y alentadora. Mientras tanto, la señora María había desencarnado en 1965 de un repentino ataque al corazón.

Su hija estaba completamente desconcertada, al igual que Álvaro, que estaba preocupado por la situación de Bruna. ¿Con quién se quedaría? ¿Podría quedarse sola en Urussanga?

A finales de mayo de 1965, cuando doña María había desencarnado, Álvaro consultó a Teresa.

—Querido, Bruna ya tiene diecisiete años. Fíjate bien, la pensión de tu padre y los ahorros, puedes darle tu parte. Es conocida por la comunidad y la gente es respetuosa. Probablemente encontrará un buen hombre y continuará sus estudios. Y siempre seguiremos en contacto con ella, ya que únicamente estudiaré seis meses más y podremos mudarnos a Urussanga. Puedes trabajar en las empresas mineras, hay un trabajo garantizado para ti.

—Tienes razón querida, pero ¿crees que encontrará un buen hombre?

—Muy pronto, tenlo por seguro —dijo ella, con esa confianza que él había dejado de entender.

Durante todos los años de su noviazgo, él nunca se había inmiscuido en el trabajo que ella realizaba en el Centro Espírita y no había preguntado nada al respecto.

Tampoco ella tocó el tema directamente, creyendo en el poder del libre albedrío.

Se dio cuenta de que Álvaro tuvo todas las oportunidades de hacer el bien, pero no lo hizo. No era el hecho de hacer el mal lo que la preocupaba, sino la ausencia de su propio impulso para hacer el bien. Rezaba cada noche para que su novio buscara el camino de la elevación.

La graduación, como no podía ser de otra manera, fue muy emotiva para él. Recordó a sus padres, el esfuerzo inimaginable del patriarca al soportar el agotador trabajo de la mina, pensando solo en la familia. Si tuviera un hijo, le pondría el nombre de su padre. Era una decisión irrevocable, que nadie le quitaría.

Bruna también estuvo en el evento. Todos se alojaron en la casa de los padres de Teresa, que estaban muy contentos de conocer a la única hermana del novio de su hija. Estaba encantada con la familia y la capital. Nunca había estado en Florianópolis y en algún momento de su vida, tenía que seguir los pasos de su hermano mayor.

Tras la graduación, hubo una cena en casa de los padres de Teresa. Su padre estaba muy contento por el novio de su hija.

Álvaro se sintió realizado. Se sentía privilegiado por tener una novia maravillosa, unos buenos padres y su hermana absorbiendo la bondad de Teresa y sus padres.

En la semana de su graduación había comprado un anillo de compromiso. En cuanto consiguiera un trabajo, con un sueldo justo, se casaría con Teresa. Ya se sentía preparado para vivir el matrimonio con Teresa.

En la cena, mientras se hacía el brindis con jugo, pidió la palabra a todos. Aprovechando el traje de graduación, se levanta y dice, sin planear nada, las siguientes palabras.

—Mi futuro suegro y suegra. Realmente amo a su hija y estoy interesado en casarme con ella. Me gustaría pedir la mano de su hija en matrimonio. ¿Aceptan?

Los suegros lloraron de felicidad, Teresa lloró en una mezcla de sorpresa y alegría. Bruna, aunque tenía su forma dura, escondida en esa belleza tan llamativa como la de Teresa, también lloró de alegría.

El patriarca actuó como un anfitrión muy feliz:

—Por supuesto, Álvaro. Accedo a su petición y creo que mi esposa también está de acuerdo con ella. Pero quiero recordarles que la decisión es solo de Teresa.

Teresa no dice nada, abraza a Álvaro y le expone su mano para que le ponga pacientemente el hermoso anillo en el dedo. Ella lo toca sabiendo que la acompañará toda la vida.

—Querido, hay momentos en los que no hace falta decir nada, la acción habla por sí misma. Gracias, he estado esperando este momento durante mucho tiempo. Tengo muchas ganas de formar una familia contigo y es una alegría tener a Bruna como parte de ella.

Todavía a finales de año, vuelve a Urussanga, sondeando a algunas empresas sobre la posibilidad de un trabajo para él. Vuelve no solamente con una oferta, sino con tres. Junto con Teresa, elige el más interesante, ya que ambos comparten el mismo gusto por la ingeniería. Elige a una de ellas y decide mudarse en enero del año siguiente, quedándose ella estudiando otros seis meses en la capital.

Durante este periodo, vivirá en Santana con su hermana. Es una oportunidad para trabajar y al mismo tiempo organizar su vida futura, sin descuidar el cuidado de su hermana, que, a pesar de ser más dulce con el paso de los años, sigue mostrando un temperamento salvaje o rebelde en determinadas situaciones.

# Urussanga, 1967 - 1970

Finalmente, Teresa se graduó. Los años la transforman en una mujer cada vez más dedicada a la caridad. Álvaro, por el contrario, parece una piedra inerte. El trabajo de su mujer en pro del prójimo, no parece conmoverle, aunque el gesto de su prometida le parece muy noble.

Decidieron casarse en Urussanga, un mes después de su graduación. Ella estaba muy feliz, radiante. Álvaro hizo todos los arreglos, junto con Bruna.

Socialmente, Teresa tenía más amigos que Álvaro, no solo por su círculo social, sino también por su trabajo voluntario. Ninguno de los invitados se negó a ir a la ciudad para celebrar la boda de la pareja.

El matrimonio fue una de las pocas ocasiones en las que hubo algún tipo de fricción entre las partes. Teresa quería que el matrimonio se celebrara de forma religiosa y doctrinal. Álvaro pensó que con una fiesta para conmemorar la boda civil era suficiente.

Con mucha paciencia y argumentos, Álvaro aceptó que uno de los coordinadores del Centro Espírita de Florianópolis, realizara sus bendiciones y diera una pequeña charla sobre la importancia del matrimonio en la espiritualidad.

Álvaro, una vez convencido, incluyó el deseo de Teresa en el programa de las fiestas. Mientras tanto, Álvaro encontró una casa en el centro de la ciudad para que vivieran. Bruna viviría con ellos y la casa de Santana podría ser alquilada a un minero, como una manera de aumentar los ahorros de la más joven de la familia.

La fiesta tuvo lugar un sábado por la mañana en septiembre. El tiempo estuvo hermoso y la hora fue elegida para que todos pudieran regresar a la capital en el mismo día. Se invitó a noventa personas, la mayoría de ellos amigos de Teresa. Ella llevaba un traje blanco y él un elegante traje gris. Ambos iban vestidos adecuadamente para la boda, sin perder la sencillez del acto.

"La felicidad en este mundo no está en las cosas materiales", dijo mientras ella y Bruna elaboraban la lista de invitados. Bruna le preguntó a su futura cuñada la razón.

—En la doctrina espiritista se entiende que debemos utilizar los bienes materiales principalmente para ayudar a la evolución moral y espiritual. Los bienes materiales son una de las razones de los desórdenes e incluso del apego de los espíritus al plano terrenal.

—¿Quieres decir entonces que los espíritus pueden realmente continuar aquí en la Tierra? —pregunta, queriendo saber más y más sobre el tema.

—¡Pero claro! Bruna, te voy a poner un ejemplo: hay muchos espíritus de personas que lucharon toda su vida para conseguir una comodidad material y que finalmente desencarnaron. El problema es que en lugar de haber trabajado o haber visto el trabajo como un medio de elevación moral e intelectual, lo desviaron a la acumulación de bienes. A los que no pueden desprenderse de ellos les toca ver las peleas en el momento de la herencia, sobre sus bienes o incluso ser impactados por la acción del tiempo, que es inexorable.

—¡Qué horrible! Pero mi padre trabajó duro para que nuestra familia pudiera tener más comodidades. ¡Me quedo preocupada!

—Fíjate bien, el caso de tu padre es un poco diferente. Intentó trabajar y sacrificó su salud, en cierto modo, por su familia. ¿Fue alguna vez codicioso o se preocupó demasiado por sus posesiones?

—No, Teresa. Solo quería que nosotros y mamá estuviéramos bien. Era un hombre de gran fe. Lástima que no lo hayas conocido. Hablando de eso, Álvaro, ¿qué opinas?

—Tu hermano tiene cierta resistencia en el tema. Pero espero que la vida le abra los ojos. No puedo interferir en su libre albedrío.

—¿Libre albedrío? —pregunta ella, desconcertada.

—Sí, Bruna. Dios nos dio una habilidad fundamental. La no injerencia en nuestras acciones. Para cada acción, hay una reacción. Basándonos en esta lógica, podemos decir que un malhechor debe pagar por sus faltas, al igual que un benefactor puede beneficiarse de sus acciones. Todo depende de las acciones que elegimos hacer.

—¿Quieres decir que creer en Dios es una de ellas? Mi hermano parece ser ateo...

—Bueno, creer en Dios es un gran comienzo. Creer en la eternidad de la vida y en la responsabilidad de nuestros actos, es también otro paso importante. Pero hay personas que, por alguna razón, no creen en Dios y hacen caridad de forma desinteresada. Parece complejo, ¿verdad?

—Es cierto. Pero, ¿estas personas que no creen en Dios y hacen el bien, están en la misma línea de acción y reacción?

—Sí, querida, causa y efecto. Todos los que estamos en el planeta Tierra somos hermanos. Yo, tú, tu hermano, nuestros padres, todos, sin excepción.

—¡Guau! ¡No sabía eso!

—Un día, habrá un centro espiritual en esta ciudad. Aunque todavía no existe, cuando vayamos a la capital, te invitaré a participar en una charla. Las dos podemos hacer el evangelio en casa, si quieres, mientras vives con nosotros. ¿Qué te parece?

—Me parece estupendo, tú me haces mucho bien. No sé cómo explicarte...

—También te amo como a una hermana, querida Bruna.

A Bruna le gustaron las enseñanzas recibidas. Realmente, era más madura. El otro día, cuando estaba hablando con Teresa y organizando los detalles de la boda, Álvaro comentó:

—Contigo, Bruna parece estar más tranquila. ¿De qué tanto hablan?

—Cosas de mujeres, querido. Tu hermana es maravillosa.

En junio de 1968, nace Antonio Neto. El hijo de la pareja nació físicamente perfecto, pero con algunas características espirituales que necesitarían todo el apoyo de Teresa.

Como madre, le dedica todo el amor necesario al niño y Álvaro se queda asombrado con el genuino don de madre de Teresa.

Álvaro, al igual que su padre, trabaja sin cesar. Acumula bienes materiales, piensa en ellos exhaustivamente y en las más variadas formas de ampliar su patrimonio. Dedica poco tiempo a su familia y, los fines de semana, deja libre a Teresa para que visite a sus padres o a ellos que la visiten. Son nuevas minas, nuevos equipos, otras empresas externas que observan su notorio compromiso de trabajo e incluso investigan nuevas técnicas de explotación del carbón, minimizando los costes y aportando cada vez más ganancias a los accionistas.

Durante las vacaciones de 1969, en enero, pasan el mes en casa de los padres de Teresa. En su trabajo voluntario habitual, durante una plática, un médium recibe una entidad.

—¡Teresa, Teresa! Qué valioso es su trabajo todos estos años en esta casa. Los benefactores espirituales me han permitido traerte dos mensajes. El primero es que tendrás otro hijo, muy parecido a su padre. El primogénito necesitará un cuidado constante en cuanto a su espiritualidad. Has aceptado recibirlo como hijo, en forma de misión. El segundo hijo es la ley de afinidad en acción. Se parece a su padre. Sin embargo, con tu dedicación, lograrás tu intención de hacer que supere sus tendencias malignas. En cuanto a tu marido, trata de hacerle ver que la acumulación de riquezas no trae beneficios en el mundo espiritual. Y sobre todo, cuando aparezca un Centro Espírita cerca, llévalo allí. Por alguna razón, estará convencido de ir, pero el resultado de la aceptación de Dios y sus leyes depende solo de su libre albedrío. Ve en paz, y que los benefactores te acompañen.

Teresa estaba asombrada. Nunca había recibido ningún mensaje, aunque había sido testigo de innumerables eventos mediúmnicos, su principal objetivo era trabajar en favor de los demás. Siempre había estudiado el *Libro de los Espíritus*, el *Evangelio*, y procuraba superarse a diario. No esperaba un mensaje del plano espiritual, principalmente sobre el futuro de su familia.

De camino a casa, con mucho tacto, decidió hablar con Álvaro, que estaba hablando con sus suegros.

—Querido, ¿podemos hablar un poco más tarde?

—Por supuesto. Más tarde estoy libre, ¿está todo bien?

—Grandioso, cariño, ¡gracias! —lo besa en la frente.

Ya era de noche y ella estaba acostada, cuando él entra en la habitación y cierra la puerta.

—¿Qué querías antes, Teresa?

—Sabes que no soy una mujer que pida muchos favores. ¿Podrías hacer uno para mí?

—Seguro, cariño, lo que quieras. ¿Necesitamos algo en casa o para nuestro hijo?

—No, Álvaro. ¿Puedes acompañarme un día al Centro Espírita?

—Teresa, admiro tu trabajo, pero ya sabes mi opinión al respecto. ¿Por qué tanta insistencia? Soy un hombre racional, lo sabes.

—Es importante para mí. ¿Podrías ir al menos una vez?

A Álvaro no parecía gustarle mucho tocar el tema, hecho del que Teresa se había dado cuenta hacía años. En este momento, parecía estar decidida. Su mirada parece necesitar una respuesta y él se da cuenta rápidamente de su reacción.

—Está bien. Esta vez iré contigo. Por amor y respeto a ti. Es la primera y última vez. ¿Estamos de acuerdo?

—Sí, querido, solo por esta vez.

El miércoles de la semana siguiente, aprovechando sus vacaciones, Teresa invita a Álvaro. Él acepta. Se sientan en una de las primeras filas y Teresa escucha pacientemente la conferencia. Álvaro incluso parece mostrar algo de atención, cogiendo la mano de su mujer. El conferenciante, uno de los fundadores y también médium del centro, al final de la conferencia, inicia los trabajos mediúmnicos. Incorpora en el médium, inconsciente, el espíritu de una mujer, en su última encarnación.

—Amada hermana. Hoy has traído a tu marido. Agradezco el esfuerzo y hay un mensaje para él: "Cambia, hombre, tu apego a los bienes materiales, observa incluso en tu trabajo, la presencia silenciosa de Dios. La misericordia divina, que actúa de forma única, te ha dado la oportunidad de evolucionar moralmente. Estás evolucionando intelectualmente, pero quiero advertirte que, si continúas en la búsqueda incesante del materialismo y la notoriedad como únicos objetivos en la vida, habrás incurrido en un gravísimo error. Este paso tuyo por la vida terrenal es para superar esta búsqueda, que hace tiempo dejó de ser saludable".

Álvaro está muy molesto. Maldita sea, no es posible creer todas esas tonterías. Es un padre bueno, trabajador y respetuoso con la ley. Todo lo que adquiere es de manera justa,

¿qué hay de malo en ello? ¿Qué hay de malo en buscar el éxito?

Continuó atendiendo la sesión con su mujer hasta el final, donde se fueron a casa en silencio. Álvaro contiene sus impresiones hasta que llegan a casa de sus suegros.

—Muy bien, Teresa, ya he hecho lo que querías. Ese mensaje, solo para no quedar como un tonto, ¿era para mí?

—Sí, querido. Hubo una petición de la espiritualidad para llevarte allí. Considero que, con tu presencia, la entidad espiritual también estuvo presente y transmitió el mensaje a través del médium.

—Mira, Teresa, no voy a impedir que vayas al centro o que hagas tus trabajos. Pero, por favor, no tengo intención de creer lo que se dijo allí, ¿de acuerdo? ¿Quién puede garantizar que no es un fraude? ¡No puedo creerlo! —se fue dando un portazo.

Se entristeció por el comentario de su marido. Como espiritista, comprendió que se trataba de una acción de libre albedrío de su marido y rezó para que no estuviera obsesionado por algún otro espíritu. Dejaría el asunto en los términos en que estaba y procuraría seguir la vida matrimonial.

## Criciúma, 1971 - 1996

Álvaro recibe una propuesta de trabajo para dejar las zonas mineras y trabajar dentro de la oficina de la empresa. La propuesta parece interesante, ya que le permite asesorar directamente a los directivos de la empresa en la toma de decisiones y le da mayor libertad de movimiento, una de las peticiones aceptadas por la empresa. De este modo, ahora puede dar asesoramiento a otras empresas, siempre que no estén en la misma región que la empresa minera y que el desplazamiento no supere los cinco días, tres veces al año.

Estaba realmente cansado de trabajar con los mineros. Comprendía la vida de sufrimiento de los mineros, después de todo su padre era uno de ellos y el riesgo inminente de que ocurriera una tragedia en algún momento era solo cuestión de tiempo. Todavía había mucha inseguridad en el trabajo de minero. Y mientras él estaba allí, cuidando de las máquinas o delegando órdenes a sus ayudantes, también sufría el riesgo.

También necesitaba respirar aires nuevos. Su hijo estaba creciendo y necesitaba constantemente atención médica, a pesar de ser un niño sano. Los médicos dijeron que era un niño sensible. Sus cambios de humor eran notables desde los cuatro años.

En 1972 nació Luis. Físicamente perfecto, como su primogénito. Este se parecía a su padre, a diferencia de Antonio Neto, que se parecía mucho más a su madre que a su propio abuelo.

Sus amigos decían que era nada más una fase y que era un padre primerizo. Al darse cuenta de eso, se sintió más aliviado. En casa, el ambiente era siempre de armonía y paz, donde Teresa era la gran responsable de ello. No podía decir cómo sería su vida sin su encantadora esposa.

Se compró una bonita casa en el centro de Criciúma, dejó las casas de Urussanga alquiladas y estuvo los fines de semana construyendo un edificio en su ciudad natal. Nunca se sabe lo que traerá el mañana, se decía siempre.

Los niños crecieron y Álvaro les proporcionó las mejores escuelas, los mejores médicos, de forma totalmente privada. Con los ingresos de su trabajo y de su hacienda, contrata una empleada doméstica para Teresa y un chofer para llevar a los niños a la escuela.

Todo parecía ir bien, pero en 1979, Antonio tuvo una grave crisis de salud. Teresa estaba preocupada, ¡el chico parecía estar tan bien! Recordó el mensaje que había recibido muchos años antes.

Los médicos hicieron todas las pruebas disponibles en ese momento. No se encontró nada, el niño parecía haber entrado en un mundo paralelo, al menos durante esos días en que estuvo hospitalizado.

Teresa, no satisfecha, llama a Florianópolis para hablar con una hermana del centro. Le cuenta todo lo sucedido, sin omitir ningún detalle.

—Su hijo tiene un trauma muy grave de una encarnación anterior. Debemos recordar que muchas veces hemos sido víctimas y en otras encarnaciones, atormentadores. ¿Has oído hablar del autismo? Intenta hablar con un especialista en la materia y pide que diagnostique a tu hijo.

—Helena, ¿se pondrá bien? —pregunta ella, con esa aflicción que solo tienen las madres.

—Sí, habla con tu marido y convéncelo para que te deje traerlo cuando le den el alta del hospital. Intentaré ayudarte. ¿Está bien?

—Bien, Helena, intentaré convencer a Álvaro.

Al cabo de unos días, el estado de Antonio mejora. Los médicos deciden darle el alta, recomendando el uso de algunos medicamentos. El niño parece adormecido por la medicación, que corta sin piedad el corazón de su madre.

—Álvaro, ¿qué te parece si me dejas llevarlo a Florianópolis? Podemos quedarnos en casa de mis padres, que ya están jubilados y puedo pedir otra opinión médica al respecto.

—Cariño, creo que es una gran idea. Conozco el amor que sientes por nuestro hijo y confío plenamente en tu capacidad para averiguar exactamente cuál es el problema que le aqueja. Quédate el tiempo que sea necesario.

Teresa lleva a Antonio y a Luis a Florianópolis en busca de respuestas al problema de su hijo mayor. Sin que Álvaro sospeche, lleva a Antonio al Centro Espírita para recibir pases, y se encuentra con Helena.

—Este angelito te necesita mucho. He estado pensando mucho en tu llamada y he conseguido el número del doctor Andrés, un pediatra especializado en autismo y otros problemas que afectan a los niños. Está aquí en Florianópolis.

—Helena, no sabes el bien que me haces. Intentaré concertar una cita. He reducido la medicación y he tratado de interactuar lo más posible con él. Luis es como su padre, obediente, serio y me respeta. A sus ocho años, parece ser un hombrecito.

—Llámalo. Ya le hablé de tu caso. Está interesado. Un dato más que puede interesarte. Él frecuenta otro Centro Espírita y es plenamente consciente de que los males del alma provienen del pasado o como limitación de la vida presente, regida por la ley de causa y efecto.

Esa noche duerme plácidamente. Sueña que su hijo está mucho mejor, feliz, dedicándose a un área específica de la salud y ayudando a su prójimo. En el mismo sueño ve a Luis, con las mismas tendencias codiciosas que su padre. Se despertó sintiéndose un poco inquieta.

Le dice a su madre que quiere llevar a su hijo al médico y le pregunta si conoce la dirección, ya que lleva muchos años viviendo fuera de la ciudad y ha olvidado el nombre de algunas calles al haber vivido muchos años en Urussanga.

La madre y abuela, piensa que es más prudente tomar un taxi e informarle la dirección. Así lo hace, llegando a la consulta del médico a la hora indicada.

El consultorio del médico se parece mucho a un escenario infantil. Juguetes, bloques de construcción, lápices de colores, mesa para niños, pizarra y otros objetos que sin duda tranquilizan a los niños.

El doctor Andrés es un hombre dócil, de ascendencia africana. Heredó de sus padres la dulzura, la inteligencia y el tacto para tratar con los niños. Recibe a Teresa de forma afectuosa.

En la consulta, interactúa durante una hora con Antonio, observando sus respuestas, movimientos, acciones y reacciones.

Al final del diagnóstico, el doctor Andrés le cuenta sus impresiones.

—Teresa, tu hijo es aparentemente autista. Su autismo es medio, lo que no le impedirá trabajar, desarrollar sus capacidades o relacionarse con otras personas. Los autistas observan el mundo de modo diferente a como lo hacemos nosotros. El gran secreto es intentar ver el mundo como ellos.

—¿Qué recomienda, entonces, en el tema educativo y en el trato en casa?

—Si vienes de una familia acomodada, contrata a un profesor particular, especialista en niños con trastornos psicológicos. Será de gran valor. Sería muy interesante que el profesor seleccionado ya trabajara con el autismo de forma proactiva, tratando de animar al niño. Al principio, puedes traer al niño durante la semana o los fines de semana, si lo deseas. Particularmente recomiendo una profesora de confianza para casos como el tuyo.

—¿Como el mío? ¿Qué quieres decir? —pregunta ella, asombrada.

—Aunque parezca mentira, el autismo es mucho más común de lo que se piensa. El gran problema es que muchas veces el diagnóstico se hace de forma errónea o tardía, lo que conlleva un daño considerable para el niño, con consecuencias incluso en la vida adulta. Creo que el autismo será uno de los campos que la ciencia médica estudiará con mucha más atención en el próximo siglo.

—Muy bien, doctor Andrés. A ver si lo entiendo: mi hijo necesita un profesor que le ayude a llevar una vida casi normal. Sin alguien que le acompañe de manera correcta, el riesgo de que siga en el mismo escenario, incluso de adulto, es grande. ¿Es eso?

—Eso es todo en pocas palabras. Aquí está la tarjeta de la profesora. Recordando que puedes pedir una segunda opinión, por supuesto.

—Una pregunta, doctor Andrés. Una amiga me ha dicho que eres un espiritista. ¿Estoy en lo cierto?

—Sí, hace muchos años que voy a un Centro Espírita aquí en la ciudad.

—Interesante, yo también soy espírita desde hace mucho tiempo. ¿Cuál es su trabajo especial?

—Teresa, no tengo habilidades mediúmnicas, si ese es el propósito de tu pregunta. Soy un estudiante voraz, y mis estudios me aportan mucha más practicidad en la práctica del diagnóstico, porque no solo veo el cuerpo sino también el espíritu que habita en cada paciente. Mi función específica es ser pasador, tú sabes, una persona que transfiere sus vibraciones positivas a otra a través de las manos.

—¡Qué maravilla! Mi trabajo consiste en ayudar en el centro con obras de caridad.

—¿Has visto cómo nada en la vida es por casualidad? Demos crédito al maestro Jesús por la oportunidad de hoy y porque tu hijo está bien cuidado por ti. Siempre digo que la maternidad es un maravilloso honor que tienen las mujeres.

—Cierto, doctor. Gracias por sus palabras.

Sale del despacho, con el teléfono de la profesora en la mano. Vuelve a coger un taxi con su hijo y regresa a casa de sus padres.

—Entonces, hija, ¿pudiste hablar con el médico?

—Sí, mamá. Antonio tiene autismo, pero es tratable y puede revertirse a su favor.

—¡Eso es genial, hija mía! Amo a mis nietos y cuenta con nosotros para ayudarles. ¿Cómo vas a manejar esta situación con Álvaro?

—Mamá, me llevo muy bien con él. Creo que no tendré problemas para pasar algún tiempo aquí. Solo vive para trabajar. Trabajo y dinero, dinero y trabajo.

—¿Tiene problemas tu matrimonio?

—Todavía no, mamá. Pero si sigue a este ritmo y deja de cuidarnos, quizá sí. Álvaro siempre ha sido un buen hombre, lo sabes.

—Sí, hija. Bueno, esperemos hasta mañana y podrás volver a casa con el coche de tu padre, ya que has venido en autobús con los niños. ¿Qué te parece? ¡Deja a los niños con nosotros!

—Mamá, no tienes energía para aguantar a dos nietos traviesos...

—Eso no es nada, mi niña. No conoces los poderes de los abuelos.

—Está bien, mamá. Volveré a Criciúma mañana.

Ella se duerme con los niños en la habitación de invitados, puesto que la cama es grande. Ambos duermen tranquilos, mientras ella está preocupada por el hecho de que será necesario que Antonio permanezca periódicamente en Florianópolis para recibir tratamiento.

Cuando se despierta, llama a la profesora y programa una cita. La profesora le informó que podía atender a sus alumnos en casa, puesto que es la forma en que suele atenderlos. Y así, le dio a la profesora la dirección del domicilio de sus padres.

La recibe a la hora prevista y le presenta a Antonio para que intercambien impresiones. Después de dos horas, parece interactuar muy bien con él.

—Amiga, ¿puedo darte una sugerencia? ¿No hay una APAE en la ciudad de Criciúma?

—¿APAE?

—Sí, la Asociación de Padres y Amigos de los Excepcionales. ¿La conoces?

—Sí, he oído hablar de ella.

—Entonces te recomiendo el trabajo de los profesionales de la APAE. Él puede convivir con la familia y eventualmente puedo acompañarlo los viernes. ¿Qué te parece?

—¡Creo que es una gran idea!

La profesora realmente impresiona a Helena. Parece dedicada y sincera con la idea de inscribir a Antonio en APAE. Había oído que todos los que participan en la asociación son buenas personas con un amor increíble por los niños.

Luego vuelve a Criciúma y le explica todo el panorama a Álvaro.

—¡Cariño, nuestro hijo no es retrasado!

—Álvaro, APAE es un lugar maravilloso para los niños con necesidades especiales, ya sean físicas o psicológicas. El de aquí es genial, ¡pregúntale a tus colegas!

—Muy bien, señora sabelotodo. Hagamos una prueba. Que se quede allí durante tres meses. Si no progresa, contrataré exclusivamente a esta profesora. ¿Está claro?

La edad no le hacía ningún bien a Álvaro. Se estaba convirtiendo en una persona arrogante con un temperamento difícil. El sentimiento de empatía parece haber desaparecido, creyendo que el dinero lo compra todo.

Bruna estudió arquitectura, se graduó y vive en el norte del estado. Es feliz y está bien, recién casada con un buen hombre, profesor de educación física. Planean tener hijos y adoran a sus sobrinos.

La evolución de Antonio en APAE Criciúma es notable. Los profesores comprendieron que su autismo es tratable y buscaron ampliar sus capacidades positivas. En 1984, los profesores le dieron el alta. Es muy inteligente y puede interactuar con otras personas. Su test de inteligencia estaba por encima de la media.

Consiguió aprender a leer y escribir, despertó su curiosidad por las cuestiones médicas e incluso aprueba con honores la prueba de admisión para la convalidación al segundo grado.

En 1985 presentó al examen de acceso a medicina. Aunque es un chico tímido y extremadamente lógico, obtiene una excelente calificación y es admitido en la UFSC. Se traslada a vivir con sus abuelos, que desencarnan en 1989 y 1990, respectivamente.

En 1990, se gradúa en Medicina en la UFSC, con una monografía sobre el autismo y los nuevos enfoques de tratamiento. Comienza a ejercer en sociedad con su antigua profesora y el doctor Andrés, que está a punto de jubilarse.

A partir de 1992, Luis ayuda a su padre a dirigir el negocio familiar. Los alquileres, la compra de nuevas propiedades y el inicio de los trabajos para estructurar una nueva empresa de construcción en la región del carbón. Al igual que su padre, es obstinado, pero gracias al trabajo de su madre, no ve el dinero como un objetivo en la vida. Aprendió de ella que la caridad puede hacerse de forma desinteresada y se hizo cargo de la gestión del negocio de forma definitiva, en 1996, con la jubilación de su padre.

Los dos hermanos viven pacíficamente, eventualmente uno frecuenta la casa del otro. Luis se casó con una chica de Urussanga y tiene un hijo, llamado Eduardo.

Con la llegada de Eduardo, hubo una especie de ablandamiento en el corazón de Álvaro. Parece que, al principio, el nacimiento de su nieto le hizo reflexionar sobre la vida. Una pequeña chispa de esperanza de que la vida no consiste únicamente en acumular riquezas.

Pasó largas tardes con su nieto, como todo abuelo primerizo. Observa que ni siquiera su padre tuvo la salud o el tiempo suficiente para tener la plenitud de un contacto más directo como el que tiene con su nieto.

Tenía cincuenta y tres años, dos hijos, una gran esposa y un buen nieto. ¿Qué más quería de la vida? ¿Qué tenía que enseñarle la vida?

Se encontró pensando repetidamente en estos asuntos. Y Teresa ya participaba en los centros espíritas locales desde hacía años, manteniendo la misma amabilidad y paciencia de siempre.

# El accidente, 1997

Venía de Florianópolis a Criciúma en coche por la noche. Era jueves, un día lluvioso de invierno. El VW Santana negro, nuevo. Cuando estaba a punto de rebasar, en la famosa recta de Imbituba, vio los faros de un Mercedes-Benz azul delante de él. Sus reflejos solo le dan tiempo a lanzar el coche fuera de la pista, estrellándose fuertemente contra un árbol.

Se despierta horas después en el hospital. Cuando abre los ojos, parece estar bien. Sin embargo, a medida que abre los ojos, se da cuenta de que algo anda mal. Tiene los brazos vendados. Un tubo sale de sus costillas. Sus piernas están inmovilizadas. No puede hablar, tiene un tubo en la boca.

Parpadea varias veces a la enfermera. Ella se da cuenta y llama al médico.

—¡Doctor, ya despertó!

—Bueno, es un milagro que esté vivo y que haya salido del coma tan rápido. Realmente, es un milagro.

—¡Gracias a San Camilo! —dijo la enfermera.

—Dígale a la mujer de la sala de espera que está despierto, por favor —dijo el médico.

—Ahora mismo, doctor.

En seguida se dirige a la sala de espera a dar el aviso:

—Señora Teresa, su marido está despierto. El médico le hará unas pruebas para ver si puede comunicarse y le llamaré, ¿está bien?

—Por supuesto, ¡qué alivio saber que está vivo! —dice Teresa, acompañada de sus dos hijos.

Vuelve a la UCI (Unidad de Cuidados Intensivos).

—Doctor, ¿está lúcido?

—Eso es lo que vamos a averiguar ahora... ¿Puede oírme? Si es así, parpadee dos veces.

Álvaro escucha todo y parpadea dos veces.

—¡Muy bien! Ahora, trate de apretar mi dedo con su mano derecha, en la que estoy haciendo una X con el bolígrafo.

Lo intenta, lo intenta, pero no puede.

—Está bien, señor Álvaro. No hay nada de que preocuparse. Ahora, hagamos una prueba de sensibilidad. Voy a pasar un bolígrafo por sus pies, la enfermera lo vigilará. Si siente algo, parpadee, ¿está bien?

Parpadea dos veces, confirmando que lo entiendió.

El médico le frota el bolígrafo en los pies y no siente nada. Se preocupa.

—¿Nada? Responda parpadeando dos veces si no ha sentido nada.

Parpadea dos veces.

—Ahora vayamos al brazo izquierdo. Haré la X y si la siente, parpadee dos veces. En este brazo, no sintió nada. Ahora las manos.

«Nada», pensó Álvaro. «Nada, de nada. ¿Me he quedado tetrapléjico o parapléjico?»

—Señor Álvaro, saldrá de la UCI y permanecerá en observación durante unos días, quizá una semana o más. Las pruebas neurológicas no mostraron ningún traumatismo craneal, lo cual es una gran victoria en su caso. Le expliqué la situación a su hijo médico y mientras estaba en coma, él me acompañó y me ayudó con los procedimientos, es un excelente profesional. Él es quien puede ayudarle inicialmente, por ahora. Mañana lo visitaré y dejaré que sus familiares lo visiten.

Teresa entra en la UCI con sus hijos y ve a su marido. Le pasa las manos por el rostro y, conmovida, llora. ¡No puede hablar! ¡Cómo no apreciaba el hecho de poder caminar o hacer sus actividades con tanta naturalidad!

—Cariño, estarás bien. Dios te ha guardado. Ahora, descansa y concentrémonos con mucha fe y oración para que te mejores. ¿De acuerdo?

—Señora, como no puede hablar, se comunica parpadeando. Si la entiende, parpadea dos veces, ¿de acuerdo? —dijo la enfermera, que los acompañaba.

—Sí, lo entiendo. ¿Entiendes, mi amor?

Parpadea dos veces.

—Qué bueno. ¿Cuándo puede ser dado de alta?

—En unos días o una semana. Lo trasladaremos a una habitación y esperaremos su evolución clínica.

—¡Gracias, doctor!

Es trasladado a una habitación, donde recibe todo el tratamiento médico necesario. Le quitan el tubo y puede respirar con normalidad, pero no las vendas.

Intenta hablar, pero no puede. En sus próximas visitas, el médico le informa que traerá a un logopeda para que le ayude a recuperar el habla. Asiente positivamente.

Cinco días después, llega el logopeda.

—Señor Álvaro, vamos a intentar hacerle hablar, ¿de acuerdo? Tiene que tener paciencia y no presionarse demasiado. ¿Está bien?

Dos parpadeos.

—Intentemos decir la letra A. Intente llevar el aire a sus pulmones. ¿Puede hacerlo?

Dos parpadeos.

—Ahora empuja el aire hacia fuera, intentando que pase por el paladar.

—AAAA

—¡Muy bien! Enhorabuena, es la mejor noticia del día. A partir de hoy, durante una hora al día, hablaremos de todas las letras y números del alfabeto.

Durante los días que permaneció en el hospital, finalmente consiguió hablar todas las palabras y números.

Los médicos llaman a Teresa y a los hijos.

—La situación es la siguiente. Quedó tetrapléjico inicialmente, pero creo que puede recuperar el movimiento, pero no el de las piernas. Pueden intentar buscar otras opiniones, pero considero que llegarán al mismo consenso. Su hijo entendió lo que decía cuando le mostré los exámenes médicos. Le daremos el alta, pero necesitará fisioterapia y logopedia, así como una enfermera. Todavía tendrá que mantener el yeso durante un tiempo más. Por lo que sé, hay condiciones financieras para mantenerlo en casa. ¿Están todos de acuerdo?

—Sí, estamos de acuerdo. Quizá el aire doméstico y el contacto con mi hijo le ayuden —dijo Luis.

Una ambulancia lo traslada entonces a Criciúma, directamente a su casa. Se contrató una cama de hospital y profesionales.

Solo después de tres meses pudo quitarse los yesos y articular palabras. Mientras tanto, consiguió mover los brazos y las manos, confirmando el diagnóstico inicial de los médicos que le atendieron. En los meses siguientes, recuperó gradualmente sus movimientos, excepto los de las piernas. Era parapléjico.

Durante mucho tiempo estuvo triste y deprimido. Su mujer eventualmente le hablaba de Dios, pero su mente seguía insistiendo en el racionalismo.

Según él, el accidente fue un mero error de cálculo al adelantar y su supervivencia se debió a que el coche ya iba un poco más lento.

Su nieto es su compañero constante, así como su esposa. Teresa, ¡siempre ella! ¿Qué sería de él sin ella?

## Desencarne de Teresa, 2000

Teresa estaba en su casa cuando se sintió repentinamente enferma y se desmayó casi inmediatamente. Había sufrido una apoplejía hemorrágica. Él estaba en casa, pero en otra habitación, con su silla de ruedas. Cinco minutos más tarde, cuando se traslada a otra habitación, ve a su mujer en el piso.

—¡Teresa! ¡Teresa! ¡Oh, Dios mío! —dice, impotente ante la situación.

Llama a los bomberos, que llegan rápidamente. La llevan al hospital y piden a su chofer privado que lo lleve con ellos.

—Vamos, Hugo, llévame al hospital.

—Cálmese, don Álvaro. Pronto estaremos allí.

En el hospital privado, llegaron al mostrador de información. Pregunta por su mujer. La operadora marca una extensión. Al cabo de unos minutos, llega el médico de cabecera.

—Usted es su marido, ¿verdad?

—Sí, lo soy. ¿Qué pasó, un ataque al corazón?

—No, hubo un ataque hemorrágico masivo. Está en la UCI, en coma. Estamos tratando de hacer todo lo posible para estabilizarla en este momento.

—Doctor, ¿hay alguna forma de esperar aquí?

—Sí, si su seguro médico tiene alguna cobertura para un acompañante, puede reservar una habitación.

—Está bien, lo haré, gracias.

En coma, ella se encontró en un lugar totalmente verde, tranquilo y sin viento. Vio a unos parientes que llevaban tiempo desencarnados.

—Querida, estás en coma, en la Tierra. Por eso los vínculos espirituales son más finos. Es muy posible que desencarnes, pero tu misión ante sus hijos y tu marido está cumplida. Eres digna incluso de pasar por el Umbral. Hay amigos espirituales a tu alrededor, en el plano físico.

—Pero, ¿qué pasará con Álvaro? ¡Cómo quedará! ¡Sin mí, él no vive!

—Sí vive, querida. ¿O has olvidado que la vida siempre sigue?

—Nunca lo he olvidado, la doctrina siempre ha dejado claro que la vida sigue.

—Entonces, aquí estamos.

—Pero, ¿qué me lleva a desencarnar ahora?

—Álvaro necesita cambiar sus actitudes y su forma de pensar. Y, de todos modos, la misión que tú misma asumiste antes de encarnar ha sido completada.

—¡Extrañaré tanto a mi familia!

—No te preocupes, Dios nunca nos abandona, los que amamos solo se alejan de nosotros temporalmente. ¡Somos espíritus eternos!

Teresa permaneció tres semanas en la UCI, y desencarnó ese sábado por la mañana. Cuando Álvaro se enteró, parecía que su mundo se iba a derrumbar. Ya nada tendría sentido. No le importaba que estuviera en una silla de ruedas, pero realmente la quería a su lado.

El cortejo fúnebre tuvo lugar como ella había pedido mientras estaba viva. Sus amigos espíritas estaban allí, ya que la muerte es una etapa natural de la vida eterna, y todos recordaban los buenos momentos, enviando vibraciones positivas a ella, que estaba en un sueño profundo en una colonia espiritual.

Álvaro pasó los años siguientes sumido en una profunda amargura, únicamente dispersada por la presencia constante de su nieto, que fue creciendo y trayendo consigo mucho amor y paciencia para su abuelo. También Bruna visitaba a su hermano con frecuencia, llevando a su hija María a ver a su tío.

Álvaro ya no era el mismo hombre, nada más vivía con añoranzas. Algunos amigos le preguntaron si le gustaría ir a una iglesia o incluso a un Centro Espírita.

Se negó, diciendo que nunca cambiaría el concepto de que era un hombre racional.

Sus hijos también hicieron gestos de fe y paz a su padre, invitándole a practicar la caridad o las buenas acciones. Dijo que ya había hecho el bien empleando a mucha gente. Para él, era una forma de hacer el bien, de poner comida en la mesa de la gente.

Para sobrellevar la pérdida de su esposa, volvió al trabajo activo. Adaptó, en la sede de la empresa constructora, una rampa para subir y bajar, puertas y mesas para participar en las reuniones. Enérgico, que no aceptaba aplazamientos ni excusas, muchos opinaban que Álvaro era demasiado exigente. Algunos antiguos empleados dimitieron y se contrataron otros nuevos, con sed de poder y dinero.

Álvaro los manipulaba, jugando a quién era mejor que el otro, solo para obtener los resultados que esperaba. Despedía y contrataba sin ninguna empatía, con contrataciones y despidos basados en números.

Sus hijos pensaron que era mejor no interferir en las actividades de su padre, incluso Luis, que podría ser más sabio que su propio padre, recordó las palabras de su madre, que el libre albedrío lo decide todo, además de la providencia divina.

## Cáncer, 2006

Desde hace algún tiempo, tiene un dolor de cabeza sordo y lacerante. Tomaba analgésicos y el dolor desaparecía. Un cierto día, tomó el medicamento y el dolor no desapareció. Otro día, lo mismo.

Vivió con el dolor punzante durante dos días, hasta que decidió consultar a un neurólogo.

—Doctor, tengo un dolor de cabeza muy molesto que no desaparece desde hace días.

—Puede ser una migraña, pero vamos a hacer algunas pruebas generales, y una tomografía, ¿de acuerdo?

—Por supuesto, no hay problema. ¿Y cómo podemos hacer que el dolor desaparezca, al menos por ahora?

—Voy a darte un analgésico más fuerte.

Tomó la medicación más fuerte y funcionó. Pidió cita con el médico para realizar todas las pruebas y el doctor llamó a Álvaro la semana siguiente.

—Señor Álvaro, me gustaría verlo de nuevo en mi consultorio. ¿Hay algún familiar que pueda acompañarle?

—Sí, mi hijo.

—Muy bien, venga el miércoles, a las diecinueve horas.

El cirujano, muy conocido en la región del sur del estado, tenía fama de ser un excelente diagnosticador, y una segunda opinión difícilmente iría en contra de la suya.

Entró en la sala, acompañado de su hijo Luis.

—Señor Álvaro, tenemos un problema. Su dolor de cabeza está causado por un glioma.

—¿Glioma?

—Sí, un cáncer cerebral que aún hoy nos desafía. Es complejo definir dónde termina el cerebro sano y la parte afectada.

La noticia golpea a su hijo como una bomba, pero Álvaro sigue razonando con lógica.

—Bueno, ¿hay una cirugía?

—Sí, es arriesgado, pero su glioma ya ha tomado una parte considerable de su cerebro. Si está bien extirpado, tendrá unos cuantos años más de sobrevida.

—¿Sobrevida?

—Sí, por supuesto. Una parte importante de las operaciones cerebrales tiene como objetivo garantizar la sobrevida del paciente. ¿Es usted una persona lógica?

—¡Por supuesto!

—Entonces entiende lo que estoy tratando de decirle, ¿verdad?

—Sí, está diciendo que tengo un cáncer de un tipo difícil de operar y si la operación tiene éxito, tengo un tiempo adicional de vida. Obviamente me van a preguntar si quiero operarme.

—Obviamente. Si lo desea, lo haré lo antes posible.

—De acuerdo, sé que, para realizar estas cirugías, tengo que firmar un contrato de riesgo. Deme el contrato para que lo lea y vayamos a los hechos.

—No hay problema, pero la operación únicamente se hace con un contrato firmado. Es bajo tu propio riesgo, supongo que lo sabes.

—Sí. Solo quiero discutirlo con mi hijo.

—¿Su hijo es abogado?

—Este es un administrador de empresas. El otro es médico.

—Toma una copia, por favor.

—Gracias, doctor.

—A sus órdenes.

—¿Debo seguir tomando el analgésico?

—Sí, pero no aumente la dosis.

Va a casa. Su hijo habla con él, todavía totalmente conmocionado.

—Padre, ¿estás enfermo y no tienes miedo?

—Hijo mío, soy racional. ¿Está todo bien contigo? Estoy enfermo, me gusta vivir y una sobrevida no está nada mal. El médico es bueno, pero no hay satisfacción garantizada o alguna institución donde quejarse después de la tumba, ¿verdad? Solamente quiero hablar con tu hermano.

—¿Quieres una segunda opinión?

—Cuando se contrata al mejor, no hay segunda opinión, hijo mío. Quiero entender el proceso de la cirugía, en caso de que su hermano sepa, eso es todo. Con esto de Internet, es totalmente posible hacer una videollamada, ¿no? Como estas televisiones por satélite, ¿verdad?

—Sí, podemos hablar por Skype.

—¿Tu hermano tiene esa cosa?

—Claro, papá, estamos en los años 2000.

Entonces asegúrate de que pueda hablar con él.

Otro día por la noche, Álvaro habla con Antonio.

—Hey hijo, ¿cómo estás? Como ya te conozco, tu hermano te habrá contado todo. Como no soy un hombre de medias palabras ni de acciones, ¿puedes explicarme cómo funciona esta cirugía?

—Padre, hay dos maneras. A través de una cámara, donde el cirujano identifica y extrae la zona, a través de otro orificio, si es pequeña, o si es extensa, en lenguaje popular, se abre la cabeza. La ventaja de ser una cirugía abierta es la mejor identificación de la extensión del cáncer.

—¿Cómo es el postoperatorio?

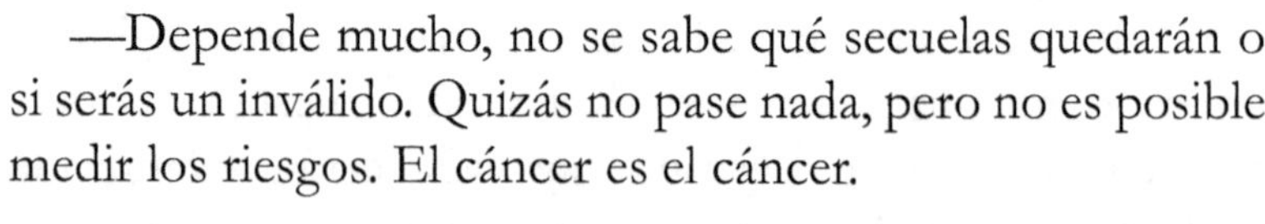

—Depende mucho, no se sabe qué secuelas quedarán o si serás un inválido. Quizás no pase nada, pero no es posible medir los riesgos. El cáncer es el cáncer.

—Imaginemos que salgo bien. ¿Cuál es el tratamiento posterior?

—Radio y quimioterapia, según el tratamiento.

—¿Qué pasa con la calidad de vida?

—En tu caso, posiblemente bastante depreciado.

—Gracias, hijo, eso es lo que quería oír. ¿Recomiendas la cirugía?

—Según los informes que he visto, si no lo haces, solo te quedarán unos meses de vida. Si lo haces, puedes tener uno o muchos años más. Recomiendo, como médico, la cirugía, aunque seas mi padre.

—¿Luis?

—Sí.

—Programa la cirugía.

Dos semanas más tarde, se realizaba la operación. El método adoptado fue el abierto, con Álvaro totalmente sedado. Al cabo de unas horas, se despertó de su sueño anestésico. Parece que ha sobrevivido. Allí estaba, años después, en una UCI.

El médico efectuó pruebas similares a las del accidente y comprobó que es normal que en algunos casos se tarde un tiempo en recuperar la sensibilidad de algunas extremidades.

Permaneció cuatro días en la UCI, con vigilancia diaria por parte del cirujano. En el cuarto, recibió todo el tratamiento necesario y fue dado de alta quince días después, sin sentir el brazo derecho.

En la consulta del médico, se le informó del resultado de la operación.

—Señor Álvaro, tengo buenas noticias: hemos extirpado prácticamente todo el tumor. Pero como es un glioma, vamos a ser cuidadosos, y usaremos la radio y la quimioterapia, para que no vuelva a aparecer, y si lo hace, no volverá tan rápido. La mala noticia es que, lamentablemente, su brazo derecho ha quedado paralizado por el propio glioma. ¿Lo entiende? Las demás funciones son normales, lo cual es un gran alivio en un caso como este.

—¿Qué recomendaciones adicionales puede darnos? —preguntó Luis.

—Sinceramente, si tu padre está trabajando, incluso jubilado, te recomiendo reposo total. Las terapias posteriores agotan al paciente. Eso es todo por hoy, y programaremos las sesiones de terapia lo antes posible.

Álvaro realizó todas las sesiones de quimioterapia y radioterapia hasta principios de 2007.

Soportó con entereza los efectos secundarios de las terapias, pero le esperaban otras sorpresas.

## Metástasis y desencarne, 2007

El dolor de cabeza había vuelto. Le había parecido extraño, después de todo el trato que había recibido. Quizás fue un efecto adverso de la medicación. Llamó al médico y solicitó otra consulta, que fue atendida rápidamente.

Se hicieron exámenes y de nuevo el médico solicitó la presencia de un hijo. Álvaro comprendió automáticamente que no había buenas noticias en el horizonte.

—Tenemos una sospecha de retorno del glioma. Pero esta vez, recomiendo que nos hagamos un PET Scan, que es una prueba que analiza el cuerpo a fondo, en busca de nuevos tumores. ¿Te parece bien?

—Por supuesto, no hay problema.

El examen se llevó a cabo, revelando metástasis en otras partes del cuerpo. Cuando volvieron del examen, un oncólogo de confianza del neurocirujano les acompañaba.

—Señor Álvaro, esta vez me acompaña el doctor Alexandre, oncólogo. El examen mostró metástasis en otras áreas. Esta vez, no recomiendo otra cirugía. No sabemos exactamente a qué zona afectará. A partir de ahora, puedes hacer tratamientos paliativos.

—Quieres decir, vivir con medicamentos para el dolor, ¿es eso?

—Sí, básicamente es eso.

—¿Cuánto tiempo me queda de vida?

—No nos gusta dar esta información, pero en su caso, a lo mucho un año de vida.

—¿Ayuda la quimio y la radio?

—Sí, para que llegue a ese año de vida, es necesario someterse a estos tratamientos, principalmente por la metástasis en algunos órganos.

—Gracias por su honestidad.

—A sus órdenes.

Sale de la habitación con su hijo, esta vez molesto. Ahora era el final de la línea. Pero mirando hacia atrás, no había nada de que quejarse. Buenos hijos, nieto, esposa admirable. Padres consumados, ¿qué más quería?

Teresa diría que debería aprovechar el tiempo y aceptar a Dios y a Jesús. Aunque estaba enfermo, la idea no le convencía.

Una tarde de 2007, se sintió muy mal en casa. Tuvo el tiempo justo para llamar a la empleada doméstica. Tuvo un infarto masivo y se desplomó bajo su propia silla de ruedas.

# Umbral, 2007 - 2017

En un flashback de su vida, quizás empezó a recordar lo que le había faltado hacer en su vida: ayudar a los demás. Las largas jornadas, que se perdieron en el recuento, comenzaron a crear una lógica en el espíritu de Álvaro.

En todos estos años, había sido golpeado, agredido, había bebido agua de pantano y, en su aterradora desesperación, clamaba por Dios. Pero para pedir la ayuda divina, había que creer en Él. Recordó la Biblia, el hecho de que su padre tenía fe, y que su padre decía en sus discursos que "sin fe no se puede llegar lejos y que Dios existe", al igual que su madre tenía la misma convicción.

Pero ni hablar del ejemplo más concreto, que fue Teresa. Teresa siempre intentó por todos los medios hacerlo creer en Dios. Si él está allí en ese lugar, fétido, con seres horribles, entonces se equivocó en alguna parte. ¿Fue la falta de fe en Dios o en hacer el bien? ¿O ambos?

Con el paso de los días y los años, comenzó a recorrer las regiones del Umbral. Recordando toda su vida pasada, recordó que uno de los que le habían recibido le informara de la dificultad en medir cuánto tiempo había pasado, ya que allí no había calendario ni noche, dijo de alguna manera que "alguien" le había rescatado de allí en la vida anterior. ¿Quién sería ese alguien?

Comenzó cada día (se dio cuenta de que el intervalo de días, lo que presumía, era la disminución de la luz en el Umbral durante ciertas horas) a rezar y pedir a Dios que iluminara su camino y le hiciera creer. Y que tuviera piedad de él llevándolo a un lugar mejor.

Pasaron diez años, pero él no lo sabía. En uno de esos días, su madre lo visita en el Umbral.

—¿Madre? ¿Qué haces aquí, tan joven?

—He venido a verte, hijo mío. He pedido mucho a los entes superiores la posibilidad de verte.

—Madre, ¿cómo salgo de aquí?

—Con fe, hijo mío, con fe. Dios es misericordioso y compasivo, pero hay que creer en Él y en Jesús.

—Mamá querida, con toda la desolación que veo aquí, y con todos los dolores de cabeza que siento desde hace años, ¡es imposible no creer que Dios y Jesús existen! ¿Has venido a recogerme?

—No, querido, los espíritus superiores son los que deciden el tiempo. Pero me alegro mucho de que ya estés aceptando a Jesús y a Dios Padre. Sigue rezando, porque yo seguiré en la colonia espiritual, rezando por ti. Te quiero, hijo mío.

—Mamá, ¿puede alguien visitarme de nuevo?

—Si hicieras mérito, quizás sí. Quédate con Dios, hijo mío.

Ella se va y él es inmensamente feliz. Así que es cierto, existe la vida después de la muerte. Razón de más para creer en todo lo que dijo. Y Teresa, su padre, ¿cómo están? Echa de menos a estos dos, fueron buenos con él y ahora entiende que podría haber sido un hijo y un marido mucho mejor.

En una sensación de adormecimiento, casi como de somnolencia, ve a dos hombres que llevan una camilla.

Se acercan a él. Uno de los hombres le toca y le llama por su nombre.

—¿Álvaro?

—Sí, soy yo.

—Venga con nosotros.

Los espíritus Umbrales observan la situación y algunos de ellos exaltan sentimientos de ira y odio contra esos dos hombres de blanco. Como si Álvaro y todos los demás fueran de su propiedad. Había sido rescatado.

Cayó en un profundo sueño, mientras era llevado por la camilla. Él no lo sabía, pero estaba siendo llevado a la Colonia Espiritual llamada la Colonia de las Flores, para un largo tratamiento.

Al mismo tiempo, no se había dado cuenta de que habían pasado diez años terrenales. No había visto su velatorio ni su entierro, porque en la espiritualidad "cada desencarne es un desencarne".

En este mismo momento, en el plano terrestre, el nieto estaba rezando a su querido abuelo antes de irse a dormir.

—Señor Dios Padre, Jesús, amado hermano. Cuida del espíritu de nuestros desencarnados, especialmente de mi abuelo Álvaro. Danos también el discernimiento para hacer el bien y el desprendimiento de todo lo que es transitorio. Amén.

# Colonia de las Flores

Despertó con un extraño a su lado. El lugar era blanco, limpio y con una ventana que permitía ver un árbol. Era muy acogedor. El dolor de cabeza seguía existiendo, pero con menos intensidad. De hecho, mucho menos. Parecía mucho más un recuerdo de todo el tiempo que había pasado en aquel horrible sitio, que el cáncer que le aquejaba.

También llevaba ropa limpia y olía bien. Alguien había bañado su cuerpo.

—Álvaro, estás en la Colonia de las Flores, que está en la región de Santa Catarina y Paraná. ¡Bienvenido!

—¡Gracias! ¿Cómo puedo agradecer a los que me trajeron aquí?

—No necesitan gratitud. El trabajo de ayudar a los espíritus ya es el pago por su trabajo.

—Tu nombre, ¿cuál sería?

—Hermes.

—Muy bien, Hermes. Aparte de este dolor de cabeza, me siento bien. Todo parece funcionar, ¿puedo ayudar aquí en algo?

—Hum... sí. Pero una cosa a la vez. Creo que es importante aclarar algunas cosas, antes de nada. Estás aquí por intermediación de algunos encarnados y desencarnados, además de pasar diez años terrenales en el Umbral, lo que no es mucho tiempo si tienes en cuenta que tu espíritu es eterno.

—Bien, lo entiendo. Pero, ¿cómo puedo saber cómo he acabado ahí, si no he hecho nada malo?

—Álvaro, querido amigo. ¿Has oído alguna vez en la Tierra que el hecho de no hacer el bien es ya una cierta forma de hacer el mal?

—Por supuesto, los orientales hablan mucho de ello. Mi esposa también solía hablar de ello. Ah, creo que lo entiendo. Acabé allí por no hacerlo bien, ¿es eso? Pero no era un bandido ni nada parecido.

—Calma, calma. Creo que la respuesta está más o menos en tus palabras. No seré yo quien la responda, y se responderá en su momento. ¿Eres un espíritu paciente?

—Después de haber pasado por ese lugar, creo que sí.

—Muy bien, descansarás unos días y luego volveremos a hablar. Posiblemente otros espíritus te visitarán y un enfermero te dará permiso para visitar el jardín.

Se replanteó su vida durante unos días. Allí había día y noche y parecía que los desencarnados se movían menos o incluso descansaban.

Otro día, otra desconocida.

—¡Buenos días! ¿Has comido la comida que había en la mesa?

—Sí, pero no parecía comida, pero supuse que era para comer.

—Muy bien, ahora salgamos al jardín.

Se levantó tranquilamente y fue con la desconocida al jardín. Había muchas personas, ninguna de ellas conocida. La única semejanza eran sus rasgos, muy similares a los de los encarnados en la zona donde vivía. Aparte de eso, nada más. El ambiente era siempre limpio, los espíritus estaban siempre tranquilos y hablaban entre ellos.

—Más tarde debes asistir a una charla, que llamamos de reintroducción al mundo espiritual. Cuando llegue al final del jardín verá una gran cúpula. Es ahí.

—¿Tienen lugar estas conferencias todos los días?

—Sí, no sabes cuántos espíritus desencarnados recibimos.

—¡Qué bien! Al menos aquí están bien.

—Es cierto, gracias por el buen pensamiento.

Se dirige tranquilamente a la gran cúpula y se sienta en la última fila, como le enseñaba su abuela, que en los templos hay que sentarse siempre en la última fila.

Un joven se dirige a una parte más alta, parecida a un altar, sin micrófono.

—Queridos hermanos y hermanas. Recientemente han sido recibidos aquí, en la Colonia de las Flores. Cada uno de ustedes tenía razones explícitas para estar en el Umbral, de donde los trajeron en diferentes momentos. Cuando hablo de tiempo, me refiero al tiempo terrenal, que no existe aquí, es solo una medida hasta que tu espíritu se acostumbre al aire de la eternidad. Como puedes comprobar, el espíritu es eterno y Dios es misericordioso. Muchos de ustedes están aquí por la intercesión de familiares desencarnados, otros por las oraciones de conocidos y muchos otros por las oraciones desinteresadas de desconocidos. Quiero decirles que a su debido tiempo todos ustedes recibirán las respuestas que necesitan. Les recomiendo a todos, si así lo piden los espíritus coordinadores, que traten de realizar tareas proactivas. Un espíritu activo, por el bien de su prójimo, siempre evoluciona por su propio bien. ¡Muchas gracias y hasta pronto!

Algunos espíritus están perdidos y con dudas y buscan hablar con algunas personas. Una señora se acerca a él.

—¿No crees que es bueno estar aquí? Dormí en la Tierra y desperté aquí. ¿Puedes creer que somos eternos?

—Mi señora, de eso estoy seguro, pero en cuanto a otras preguntas que quiera hacerme, no soy la persona adecuada. Todavía estoy confundido sobre muchas cosas y estoy agradecido de estar aquí.

—¿Estabas en otro lugar?

—Sí, estuve en el Umbral durante mucho tiempo. Me gustaría mucho saber en qué me equivoqué, cómo me equivoqué y cómo intentar no equivocarme más, tal vez pueda volver a ver a mi mujer y a mis hijos, así como a mis padres.

—¿Eres una mala persona?

—No, no. Era un ingeniero, tenía una familia, un hombre corriente, quizás demasiado codicioso a lo largo de los años y posiblemente sin hacer nada bueno. Y usted, ¿qué hacía allá?

—Fui primera ministra de la Iglesia Católica. Me llevó un tiempo creer que seguía viva. Es decir, siempre se nos hace creer que solo hay cielo e infierno y que únicamente se vive una vez. Creo que es un poco diferente —dice riéndose.

—¿Y usted, señora, estaba, digamos, practicando el bien?

—Oh sí, mi amigo. He ayudado mucho a la gente. Me gustaba ayudar y además siempre estuve muy apegada a Dios, a Jesús y a los valores familiares.

—¿Y por qué motivo vino de allá para acá?

—Creo que fue una muerte natural. Me estaba despertando y me desmayé. Así que me desperté aquí. ¿Y usted?

—Cáncer de cerebro.

—¡Debes haber sufrido un buen!

—Digamos que sí, pero creo que esta parte también tiene una explicación. Parece que, de alguna manera, estoy conectando los puntos.

—Creo que, de alguna manera, cuando estamos aquí, todos acabamos conectando los puntos. ¿Ha asistido a otras conferencias?

—No, todavía no. ¿Y usted?

—También la primera. ¿Le importaría hacerme compañía hasta que encontremos a alguien que pueda ayudarnos de alguna manera?

—Por supuesto, ahora que posiblemente tengamos tiempo, vamos a buscar a alguien que pueda ayudarnos.

Caminando por el jardín, se dan cuenta de que hay un hombre que guía a los espíritus. Van allí.

—Señor, ¿puede ayudarnos?

—Por supuesto.

—Queremos saber por qué estamos aquí, especialmente mi amigo, que necesita más respuestas que yo. ¿Hay alguien que pueda orientarnos?

—Lo hay, pero como puedes ver, hay muchos espíritus en una situación similar a la tuya. En el momento adecuado, se les buscará.

—¡Gracias!

—Es una pena que no tengamos respuestas, ¡me gustaría tenerlas! —dice ella, caminando con Álvaro.

—Yo también, pero hay que tener paciencia. Creo que es una virtud que tenemos que aprender mejor aquí. Esto es un hecho cierto.

—Buena señora, debo irme, no quiero faltar a las normas y mucho menos volver a ese sitio. Si me disculpan, me gustaría volver a buscar mi lugar de descanso y meditación. Si me buscan, posiblemente será allí. Gracias.

—¡Un placer, caballero!

Camina hasta que encuentra el edificio donde descansa. Recuerda el pasillo: 3A y la habitación 328. Vuelve al lugar y se acuesta de nuevo.

Pasan las horas, divaga sobre cómo su vida terrenal podría haber sido mejor. En una especie de sueño, se ve a sí mismo en otras vidas. Como un hombre malvado, despiadado y sórdido. Se despierta preocupado. ¿Era él en una vida pasada?

Algún tiempo después, Hermes aparece de nuevo.

—Álvaro, ¿impresiones positivas de la Colonia?

—Todo lo posible e inimaginable. Descubrí algunas cosas interesantes, como la necesidad de practicar la paciencia. Al mismo tiempo, me gustaría saber cómo agradezco a Dios la oportunidad de estar aquí.

—De la misma manera que lo hacemos en la Tierra o en otros orbes: a través de la oración. No importa el idioma, Dios, Jesús y los espíritus superiores interpretan el sentimiento real de nuestro espíritu.

—Muy bien, es que casi nunca lo hice en la Tierra, ¿sabes?

—Sí, recibo un reporte de los espíritus desencarnados a los que asisto.

—¿De verdad?

—Por supuesto, si te das cuenta, aquí no hay ningún cartel con tu nombre y, ¿cómo te llamé Álvaro?

—¿Telepatía?

—Podría ser, pero mi nivel espiritual no es muy diferente del tuyo. Solo he estado aquí durante más tiempo y se me han asignado tareas, al igual que tú recibirás pronto tareas que se volverán más y más complejas con el tiempo, hasta la llegada de tu reencarnación.

—¿Reencarnación?

—¡Por supuesto! La vida espiritual es mucho más grande que la vida en orbes. La vida en la Tierra, por ejemplo, es un campo de pruebas y de expiación. Cuando evolucionamos, vamos a orbes de regeneración, donde la violencia y la desigualdad son casi inexistentes y hay mucha más empatía entre las personas.

—¿Es eso cierto?

—¡Por supuesto, por supuesto! Veo que sigues sin recordar nada de los otros pasajes de otras colonias...

—¿Otras colonias? —pregunta sorprendido.

—Claro, pero sigo suponiendo que estás bajo el efecto del velo del olvido. A medida que cambias tu vibración espiritual, se rompe lentamente.

—¿Quieres decir que he tenido otras vidas?

—Otras vidas, en cuerpos diferentes, otros planetas y en situaciones adversas a la actual.

—¡Vaya! —dice sorprendido.

—Su preocupación no me impresionó. Antes sí, llegué como tú. Fui rescatado por las oraciones desinteresadas de algún espíritu encarnado desconocido. Hay legiones de personas que rezan en cementerios, iglesias u otros lugares. Todas las personas brillan por su fe y muchas de ellas rezan en nombre de los olvidados. Y yo fui uno de ellos, me quedé mucho tiempo allí en el Umbral.

—¿Fue difícil para ti? —La curiosidad en Álvaro es cada vez más latente.

—Sí, por supuesto. Digamos que, como tú, no he sabido disfrutar de mi vida terrenal y he acumulado algunas deudas.

—¿Débitos? ¿Qué serían esos débitos?

—Más acciones para reparar, además de las que ya estaban en mi plan de encarnación.

—¡Qué cosa! Pero la mayoría de los habitantes de la Tierra siempre cometen faltas.

—Eso es cierto. Por eso existen esta y otras colonias, y rara vez alguien viene directamente aquí. Únicamente si es una persona que ha practicado mucho la caridad o ha pagado su deuda de ese plano de encarnación en su totalidad, algo difícil.

—¿Así que todo el mundo va a esa parte donde yo estaba?

—Bueno, eso es solo uno de los lugares. Digamos que el Umbral se define en niveles. No estabas ni en lo menos malo ni en lo peor, estabas en el término medio. Cuanto más baja es la vibración del sitio, menos luz y más densidad se percibe, además de los olores y criaturas desagradables.

—¿Alguna vez estará vacío ese punto?

—No, porque Dios siempre, a su debido tiempo, crea espíritus.

—¿Crea la vida, entonces?

—Digamos que sí, para tu comprensión.

—Estoy haciendo demasiadas preguntas, ¿no?

—No, preguntas absolutamente normales.

—¿Volveré a la Tierra entonces?

—Sinceramente, no puedo decírtelo. La Tierra se transformará y los que no pasen de año, digamos, se reencarnarán en otro planeta inferior.

—¿Pero eso no es una especie de castigo o retroacción?

—El espíritu nunca retrocede, solamente se detiene. Dios, en su justicia misericordiosa, permite que los espíritus avanzados para ese orbe se encarnen en él como prueba y al mismo tiempo como elemento de progreso para ese mundo.

—La Tierra me parece un planeta razonablemente bueno.

—En realidad lo es, pero los espíritus encarnados que la habitan, casi todos están en pruebas o expiaciones.

—¿Pruebas, expiaciones?

—Sí, las pruebas son cuando ellos mismos, antes de reencarnar, deciden por sí mismos qué desafío quieren atravesar. Dependiendo de su elección de libre albedrío, acaban pasando por la prueba, sucumbiendo o completándola con éxito, eliminando su deuda. Y la expiación es cuando la justicia divina te impone esa situación, con el objetivo de experimentar la situación y tener la posibilidad de remisión con ella.

—¡Hum, interesante! Entonces, supongo que posiblemente he tenido una vida de encarnado, en forma de prueba.

—De la información básica que obtuve de tu expediente, presumiblemente sí. Ahora tendrás que contabilizar el beneficio no absorbido en su totalidad, digamos.

—¿Eh?

—Sí, pero no seré yo quien te lo cuente. Será otro espíritu, generalmente después de un tiempo. Todo el mundo aquí es educado, todo el mundo aquí se reencarna en algún lugar del universo.

—Muy bien, Hermes. Gracias y disculpas por haberte quitado tiempo.

—Tiempo es lo que tenemos aquí. ¡Es un placer volver a hablar contigo!

—¿Tienes un pequeño trabajo para mí?

—Vamos a ver si encontramos algo, es bueno para el espíritu.

El tiempo pasa, hasta el día en que se queda durante horas en el jardín, hablando con otros espíritus. Hace muchas preguntas, responde a las suyas, pero sigue sin recordar nada de su pasado. Parece la vida de un jubilado en una residencia, compara.

Algún tiempo después, no sabe exactamente cuánto, aparece un hombre en su habitación.

—¿Álvaro?

—Sí, soy yo.

—Tenemos un trabajo para ti.

—Qué bien, ¡vamos ahora!

—¿No quieres saber de qué se trata?

—No me importa, es a ayudar a alguien, sea espíritu o encarnado, ¿no?

—Sí, sí. ¡Quién te viera!, Álvaro.

Los dos se van hacia el arroyo, que proporciona fluidos magnetizados a los recién llegados y a los espíritus que llevan más tiempo.

—Tu tarea es filtrar el agua. Puedes observar que hay algunas hojas que caen en el agua y no es interesante beberla con las hojas, ¿verdad?

—Sí, pero con una máquina podríamos resolverlo — dice, pensando como un ingeniero.

—Álvaro, si observas, únicamente utilizamos la tecnología para determinadas situaciones. Toda la tecnología que fomenta el ocio, como los smartphones en la Tierra, no existe aquí. Por eso vas a hacer un gran trabajo, quitando las hojas del lado pequeño alrededor del arroyo.

—Lo entiendo.

—Solo terminarás tu trabajo cuando aparezca otro espíritu, ¿de acuerdo?

—Genial.

A continuación, trabaja muy duro y de buena gana en la tarea, por sencilla que sea. Esto le hizo reflexionar que no daba la debida importancia a sus empleados, no les deseaba buenos días y no los trataba de la mejor manera posible. El tiempo pasó sin que se diera cuenta, hasta que una joven apareció a su lado.

—Creo que tu trabajo ha terminado por hoy.

—Sí, ¿tú vas a continuar?

—Exactamente, ahora eres mi nuevo asistente. Ahora, la mitad del tiempo que estaba aquí, me asignaron otra tarea.

—¡Gracias!

—¡Está bien!

Vuelve a su habitación y se queda mirando por la ventana el pequeño árbol. Parece que realmente es otoño, como si estuviera en la Tierra, de lo contrario las hojas no estarían cayendo. ¿Cuándo se pondrán en contacto sus familiares?

Los demás días, hasta que le llaman para su tarea diaria, intenta ayudar a los demás espíritus en su lugar de descanso. Ordena la ropa de los desencarnados recién llegados, la tira a la basura, visita otras habitaciones, charla con otras personas, cuando hay alguien que le acompaña y si se lo permiten.

Poco a poco se da cuenta de que su propia conciencia es su gran juez. Por supuesto, Dios también tiene su manera de juzgar los actos y las acciones, pero de manera rudimentaria, esta es la comprensión que tiene hasta ahora.

Pasaron meses hasta que un hombre muy guapo, de origen africano, llegó a su habitación.

— ¿Señor Álvaro? —le preguntó el espíritu.

—¿Sí?

—Ha llegado el momento de que sepa por qué está aquí, y las faltas de su última encarnación. ¿Le interesa conocerlas?

—Por supuesto, creo que por eso estamos aquí. Para perfeccionarnos.

—Creo que ha aprendido rápido. Como siempre.

—¿Qué quieres decir con "como siempre"?

—Venga conmigo, por favor.

A continuación, pasan a una gran sala, con equipos tecnológicos aún desconocidos para ellos. Todo es tridimensional u holográfico.

—Esto es lo que llamamos una base de datos de vidas pasadas. Muchos tienen autorización para acceder solamente a la última vida, los más evolucionados otras más, porque se necesita preparación espiritual para acceder a ciertos contenidos. Se le ha concedido ver la última encarnación, es decir, esa en la que se llama Álvaro. ¿Podemos verla? Me gustaría recordarle la frase bíblica "todo lo que está oculto será revelado". ¿Acepta, señor?

—Sí, sí, necesito conocer mis fallas.

Se reproducen varias escenas de su vida pasada en forma de holograma. Se ve en las más variadas situaciones de la vida, desde la infancia hasta el momento de la desencarnación. Se da cuenta de que hay varios momentos clave, ya sea solo, con sus padres, con su hermana o con Teresa, así como con sus hijos.

El espíritu detiene la visualización.

—¿Preguntas?

—Hay muchas, pero es mejor preguntar las útiles. Según tengo entendido, me equivoqué al no hacer el bien, ¿es eso correcto?

—Sí, este es uno de sus errores.

—¿Puedes señalar los demás?

—Por supuesto. No creyó en Dios hasta el momento en que estaba en el peor de los sufrimientos. Por alguna razón su propia racionalidad, la que trabajaba en contra de la evolución moral, comenzó a trabajar a su favor. También maltrató a varias personas, fue egoísta, avaro, era un hombre rico y podría haber ayudado a varias personas. Usted vio el materialismo como una actividad meta de vida, lo que es totalmente repudiable ante las leyes divinas.

—Soy totalmente culpable de estas acciones. ¿Y cuál es el papel de Teresa y de mis hijos, además de mis padres?

—El núcleo familiar, cuando es sólido en diferentes encarnaciones, puede separarse durante cierto tiempo, pero no eternamente. El amor nunca separa, siempre une, debe recordar que el espíritu es eterno. Teresa es un espíritu superior, tanto que la información que obtuve cuando me pidieron que estudiara su caso es precisamente que Teresa ni siquiera estaba obligada a ser su esposa y madre de sus hijos, y, sin embargo, lo era. Su hijo mayor, que aún está encarnado, Antonio, fue una de las pruebas para que usted rompiera su corazón y buscara la caridad y la fe divina. Esto no ocurrió. Su hijo Luis es una atracción de otra vida anterior a esta. Tenía otro tipo de conexión, en cierto modo negativa. Y sus padres, vino a ellos como prueba y expiación para usted.

—¿Qué quieres decir con expiación para mí, en el caso de mis padres?

—En una vida anterior, les hizo mucho daño. ¿Ha oído alguna vez la máxima de que un espíritu debe devolver hasta el último céntimo de lo que debe? Entonces la misericordia de Dios es como un recaudador paciente. La deuda puede aplazarse, pero se paga. Con ellos usted ha procedido muy bien, especialmente a través del velo del olvido. Era una prueba para ellos el hecho de que vivieran en armonía. Tiene el mérito de haber sido también cuidadoso con su hermana Bruna. Si tuviera el mismo cuidado con otras personas, tal vez no habría pasado por el Umbral y se habría desencarnado de forma natural, y tal vez no habría tenido el accidente.

—¿Qué quieres decir?

—La ley de causa y efecto puede operar en el plano terrenal. Como le dije, Dios es muy justo. Ha vivido muchos años centrado en el materialismo. La Espiritualidad Superior le dio una moratoria después del accidente para que pudiera cambiar a través de lo que consideramos como reforma interior, es decir, el cambio de acciones y cuadro vibratorio. El cáncer era la purga del espíritu en el cuerpo, de las vibraciones y acciones negativas que tenía.

—Entiendo. Una última pregunta, ¿tengo muchas deudas?

—Sí, pero debido a su avance moral, no se le permite acceder a ellos todavía. Los pagará inconscientemente, pero puedo decirle que ha tenido al menos diez encarnaciones en el planeta Tierra y en la mayoría de ellas ha fracasado. Siempre por la misericordia o la intercesión de los familiares anteriores, tiene la oportunidad de reencarnar. Y a menudo falla, como la mayoría de las personas encarnadas en la Tierra.

—Así que por eso has dicho que siempre aprendo rápido...

—Sí, en los últimos quinientos años terrestres, hemos tenido esta misma conversación tres veces.

—¿Hay alguna diferencia entre ellas, las conversaciones?

—Sí, fue en diferentes colonias y esta vez, hay un sincero interés por practicar la caridad. Lo que no era visible en las otras veces que nos encontramos. Era extremadamente materialista, y tuvo que pasar por situaciones de extrema pobreza y de desencarnación temprana para romper esta secuencia de vicisitudes. Ahora, parece que al menos este objetivo fue o puede ser roto. Solo lo sabremos con seguridad en una próxima encarnación.

—¿Voy a encarnar en la Tierra?

—No, pero encontrará otros espíritus encarnados allá, con la misma afinidad, así como otros de diferente naturaleza vibratoria. Espero que tenga éxito en su próxima reencarnación, ya que su éxito moral será muy importante para su propia evolución.

—Bien, me da gusto. Espero que estas impresiones no se pierdan con el velo del olvido.

—Yo también, querido amigo. Le deseo éxito. Pero aún pasará algunos años aquí en esta colonia, como colaborador desinteresado. La Tierra pasará por eventos pandémicos, otros flagelos y su trabajo será de vital importancia, porque todo el bien que practique, abogua en todas partes por su espíritu.

—¡Gracias, me siento muy bien aquí! ¿Será posible encontrar a mis familiares de la encarnación actual? Los echo de menos.

—En el momento oportuno, se le concederá este beneficio. ¡Paz y luz! ¡Quédese con Dios y con Jesús!

## Reencuentros

Había dejado de contar el tiempo. El trabajo en la colonia era muy gratificante y ayudar a los demás siempre le aportaba paz espiritual.

Un día estaba arreglando una máquina de telar con otros espíritus cuando apareció Teresa. Volvía a estar jovial, hermosa, con esos ojos brillantes que él nunca había olvidado mientras estaba allí.

—¡Teresa!

—¡Álvaro!

Los dos espíritus se abrazaron, irradiando una esfera de amor y fraternidad, en el encuentro largamente esperado por ambos.

—¡Nunca tuve noticias de ti! –dice él, emocionado.

—De ti he tenido todo el tiempo, desde que estabas encarnado. Recé mucho, al igual que nuestro nieto y otros amigos, como los del Centro Espírita, rezaron por nosotros dos. Estoy muy contenta con tu presencia en la Colonia.

—Y tú, ¿dónde estás?

—Estoy en una esfera superior, haciendo otras obras. Tal vez ya se te haya informado que he venido en misión para ti. Ese era realmente el propósito, digamos que era una última oportunidad para cambiar tu rumbo en cuanto a la elevación moral.

—¿Y qué te hizo hacer esto por mí?

—Hace muchas vidas, me salvaste la vida. Esta moratoria que tú mismo me diste, por intervención divina, me permitió hacer un cambio espiritual muy importante en esa encarnación. Entonces, como había una oportunidad de ayudarte en esta encarnación, me ofrecí para volver a la Tierra, para acompañarte.

—¿Así que ambos estábamos predestinados?

—Sí, en cuanto a este hecho, innegablemente. Tu destino al querer mejorar materialmente, te llevaría a Florianópolis. Y mi necesidad de adquirir nuevos conocimientos y de contribuir de algún modo a los demás a través de la caridad, fueron también factores catalizadores.

—Bueno, supongo que fui el afortunado aquí —dijo Álvaro, riendo.

—Realmente, lo fuiste. Pero yo fui la afortunada hace cientos de años, y es una pena, que al menos ahora, todavía no se te permita acceder a otras vidas u otros planos de encarnación del pasado.

—¿Y a dónde irás?

—Voy a reencarnar en la Tierra, cuando esté en la etapa de regeneración. Me quedaré mucho tiempo en el plano sobre tu colonia, donde estoy, con las más diversas tareas. En cuanto a ti, espero que seas lo suficientemente maduro para comprender que ya no encarnarás en la Tierra. Mi objetivo era realmente tu cambio mientras estaba en el plano de la encarnación.

—¿Así que tu misión ha fracasado?

—En absoluto, el libre albedrío siempre pertenece al espíritu. Lo hice por dedicación, cuidé de nuestros hijos, lo que siempre es maravilloso. No nos encontraremos durante algunas decenas o incluso miles de años terrestres, salvo en los intervalos de desencarnación. En planetas más evolucionados o quizás en la propia Tierra, sí. Hay deudas mayores por pagar de tu parte.

—Sí, lo sé. Todo depende de mí para hacerlo lo mejor posible. Sigamos adelante, siempre adelante. Siempre te llevaré en mi corazón.

—Es cierto, siempre llevas a las personas en tu corazón hasta el momento en que se produce la encarnación, dependiendo del nivel del orbe, el velo del olvido está presente. Pero para todos los espíritus, independientemente de quiénes sean, en un momento determinado, este velo ya no se impone, sino que se desprende.

— Y mamá y papá, ¿tienes alguna noticia?

—Sí, están bien. Tu padre, hablé con él una o dos veces. Tu madre, un poco más. Hay conexiones más antiguas que las que podrías suponer, entre ellos y yo, que contigo.

—¿Puedes enviarles un abrazo de mi parte?

—Seguro. Tal vez puedas hacerlo tú mismo.

—Es cierto, debería haberte escuchado Teresa. A mi lado, tratando de hacerme caminar por la senda del bien y yo totalmente ciego, adormecido por el dinero, por el éxito, por la influencia en los negocios.

—Muchos son engañados por los vicios mundanos. No te culpes ahora, lo fundamental es que nunca es tarde para volver a empezar. Haz de tu nuevo viaje una importante fuente de aprendizaje, para que puedas dar lo mejor de ti. Con los que convivirán contigo, con las injusticias que serán muy similares a las de la Tierra, en tu futura orbe. Te estoy eternamente agradecida. Gracias.

—Gracias, querida, eres única. Te amo.

—Yo también, y recuerda que el amor supera las fronteras, incluso las espirituales.

Se abrazan y se despiden de forma muy emotiva.

Para Álvaro, todo el aprendizaje puede no haber sido en vano. Cometió un error, se cayó y tiene la oportunidad de levantarse, más aún con las lecciones aprendidas del error. Tal vez la próxima vez que se encarne, sea más generoso, altruista, con una mentalidad más espiritual y menos carnal.

Ver a Teresa es una prueba importante de que el fracaso te detiene, pero no te hace retroceder.

Entonces vuelven los recuerdos sobre los libros que Teresa dijo haber leído en la Tierra. ¿Tendría copias de ellos allí? *¿La Biblia, el Libro de los Espíritus, el Evangelio según el Espiritismo*?

Se lo preguntaría a Hermes, cuando lo viera.

Pasan los años terrestres y la Tierra vuelve a experimentar un escenario de enfermedades mortales, esta vez devastando todo el globo. La Colonia recibe a cientos de desencarnados, desorientados, jadeantes, amoratados, con falta de aire, reflejo de lo ocurrido en la Tierra.

Álvaro es convocado para ayudar en la recepción de estos espíritus, una de las últimas oleadas antes del periodo en el que la Tierra entrará definitivamente en un periodo de regeneración.

Los consuela, les explica que la vida sigue y que lo que ocurre en la Tierra es el reflejo de la vida humana, materialista, desenfrenada, mucho más en busca del placer que en la búsqueda de la edificación moral. Y que estos eventos son periódicos en planetas de pruebas y expiación.

Los edificios y las habitaciones están llenos. Es necesario proporcionar nuevos alojamientos, una mejor distribución de los fluidos energéticos. Hay una mayor necesidad de espíritus capaces de atender de manera urgente a las personas que llegan a esta Colonia. Todos los demás, en diversas partes del mundo, están trabajando al mismo ritmo de trabajo y vibración positiva en la recepción de los desencarnados.

Por desgracia, el Umbral recibe un número mucho mayor de espíritus desencarnados en esta época. Están aún más perdidos y desasistidos, porque la programación de una parte importante de ellos fue el aislamiento por el virus ciego, mudo y sordo, atacando a todos los continentes de mil maneras. Una guerra invisible, con miles de víctimas cada día.

En la cúspide de los acontecimientos, ambas esferas, el plano superior y el inferior, recibirán una cantidad inimaginable de espíritus desencarnando al mismo tiempo.

En las colonias, en particular, hay un amplio trabajo de divulgación y preparación para eventos cataclísmicos y Álvaro entiende la importancia de su trabajo, sea cual sea la actividad.

Es consciente y está tranquilo de que no merece los beneficios de la Tierra regenerada, pero el plano espiritual, para él, es una forma de entrenamiento para su futura vida en la Tierra. Tal vez el amor desinteresado que practica allí en favor de sus semejantes deje alguna huella en el futuro. Es su gran fe, que antes era muy tenue o casi inexistente.

En una de las pausas de su trabajo, recuerda haber preguntado a Hermes por los libros que su mujer leía en la Tierra.

—Claro que los tenemos. Es a partir de ellos que nos guiamos en nuestra edificación moral. La palabra de Dios, las enseñanzas de Cristo, la decodificación de Kardec, son fuentes esclarecedoras de la importancia de cada espíritu, independientemente del mundo. Ser hijo de Dios es un regalo inimaginable. Los espíritus superiores que ya han pasado por esta transición saben muy bien lo que eso significa.

—¿Dónde puedo conseguirlos? —pregunta, queriendo leer cuanto antes.

—Bueno, puedes pedirlos prestados en la biblioteca y llevar a cabo tus estudios. Te recomiendo que leas de uno en uno, te ayudará mucho en tu comprensión.

—Tal vez incluso he leído algunos de ellos en mis vidas anteriores.

—Sí, es cierto. Pero el velo del olvido, en tu caso, lo borra todo. Leías para instruirte, no para alimentar verdaderamente tu corazón de conocimiento moral.

—Gracias, Hermes. ¡Buen trabajo para todos nosotros!

—¡Dios nos bendiga!

# Desenlace

Yo, Álvaro, después de leer todos los libros que mi mujer leyó y me indicó, muchas veces de forma indirecta, conseguí muchas certezas.

La primera es que el proceso de desencarnación, o desenlace, no es precisamente doloroso. El cuerpo sufre, no el espíritu. Tanto es así que, hace más de catorce años terrenales, aún recuerdo que no tuve dolor en el momento de la desencarnación. Simplemente me caí y me desperté, no exactamente en el mejor lugar, pero sí en el apropiado según mis acciones.

Tuve la dicha, aun siendo materialista, de no ver peleas por la herencia. Hubo armonía entre mis hijos, lo que me ayudó rápidamente (si podemos entenderlo así), respecto a mi desprendimiento por mi acumulación de bienes y dinero.

Otros espíritus no tienen el mismo destino que el mío: ven su propio entierro, otros observan su cuerpo en descomposición y, finalmente, muchos de ellos ni siquiera van al Umbral. He podido comprobar en todos estos años que hay trabajadores abnegados que visitan las casas y expulsan a los espíritus que buscan molestar a los encarnados más influenciables, lo cual es una gran verdad.

Cuando estaba encarnado, tuve la oportunidad de escuchar esto en una conferencia que mi esposa vio en la televisión. Obviamente, aquí en la colonia, podría dar fe de la veracidad de tales hechos.

Si el planeta Tierra estuviera más evolucionado, las personas que ahora residen, en este último momento, comprenderían mejor que la muerte no es un fin sino un medio. Una excelente escuela, para poner en práctica todo lo que hemos vivido y justamente olvidado, a través del velo del olvido. En el momento de la prueba, no se puede hacer trampa, lo mismo es válido para la vida encarnada.

Mientras tanto, tuve contacto con mis padres. Fue una reunión maravillosa en la que les conté todas las observaciones que había aprendido aquí. Les gustó mucho y me agradecieron la oportunidad de ser su hijo. Yo les correspondí de la misma manera, eran muy importantes y les pedí que, si era posible, si había una oportunidad a través de la Divina Providencia, que tratáramos de caminar juntos.

Mamá no lo consideró imposible. También pregunté por Bruna, ya que no se me concedió la posibilidad de visitar la Tierra.

Según ellos, todos nuestros parientes encarnados están bien. Gracias a los esfuerzos de mi mujer, todo el mundo entiende el esfuerzo que hace para difundir la espiritualidad en el núcleo familiar.

Bruna tiene setenta y un años. Mis hijos están en su madurez. Todos se procuran entre sí, incluso organizan visitas y viajes juntos.

En cuanto a ellos, ya se han saldado muchas deudas. Posiblemente todavía estaré aquí cuando ellos desencarnen y espero tener la felicidad de encontrarlos.

# Sobre el Autor

Mauro Paes Corrêa es escritor, con publicaciones en otras áreas de la literatura y es profesor. Escribe desde 2006 en varios periódicos del sur de Brasil, activo en diversas causas sociales a favor del prójimo. Espiritista desde los catorce años, con revelaciones personales y estudioso de la doctrina de Allan Kardec.

www.ingramcontent.com/pod-product-compliance
Lightning Source LLC
LaVergne TN
LVHW012110160826
845678LV00014B/3012

* 9 7 8 6 5 0 0 3 9 8 5 4 0 *